贝页
ENRICH YOUR LIFE

我的二本同学

wo de er ben tong xue

左昨非　著

文汇出版社

图书在版编目 (CIP) 数据

我的二本同学 / 左昨非著 . — 上海：文汇出版社，
2025. 6. — ISBN 978-7-5496-4513-8

Ⅰ . I25

中国国家版本馆 CIP 数据核字第 20254K4H43 号

我的二本同学

作　　者 / 左昨非

责任编辑 / 戴　铮

封面设计 / 汤惟惟

版式设计 / 汤惟惟

出版发行 / **文匯**出版社

　　　　　上海市威海路 755 号

　　　　　（邮政编码：200041）

经　　销 / 全国新华书店

印刷装订 / 上海中唱印刷有限公司

版　　次 / 2025 年 6 月第 1 版

印　　次 / 2025 年 6 月第 1 次印刷

开　　本 / 889 毫米 × 1194 毫米　1/32

字　　数 / 148 千字

印　　张 / 8.875

书　　号 / ISBN 978-7-5496-4513-8

定　　价 / 59.00 元

目　录

自序

　　这是对青春的致敬，对时代的记录，对历史的回望，对现实的反思。

　　求真，究变，明理。

　　据河南省教育考试院统计，2005年河南省普通高考报名人数近72万；根据河南省教育厅《2005年全省教育事业发展统计》，2005年本科招生10.62万人。综合二者可知，河南省2005年的本科录取率约为14.8%。

　　2005年全国本科录取率大约为26.5%，而2024年全国本科录取率大约为33.3%。所以回望2005年，放眼全国，能够考上本科的学生依然可以称得上天之骄子。而放到河南，那就堪称凤毛麟角了。2005年，我就是那幸运的10.62万分之一。

我的母校黄淮学院是于2004年成立的全日制普通本科高校①。2005年，全国共有本科院校701所，黄淮学院就是那七百分之一。彼时母校刚刚成立一年，排名不详，应该在500名开外。2024年，教育部官网显示，全国本科院校已发展到1 308所。黄淮学院的软科中国大学排名第439名。2005年，黄淮学院全日制在校生（含大专生）达1.1万人，我是万分之一。我没有查到母校2005年的本科录取人数，但查到了2007年的录取计划：本科2 300人。估计我应该是2005年的两千分之一吧。

总之，在我们那个年代，能读本科的依然是凤毛麟角。在我的采访对象里，有不少同学甚至是他们村里的第一个大学生。他们有的是复读之后考上的，有的是班里的第一名。虽说二本学校处于大学体系"鄙视链"的"末流"，甚至有些二本学校的学生不被认为是大学生，因为他们的学校多是地方性的高校、民办高校等，如××学院。"鄙视链"中的所谓大学多指清华、北大或其他985、211，最次也是个一本。简单来说，就是校名里起码得带个"大学"二字。而实际情况是，在学院里读二本的这一批大学生才是中国本科大学生的多数。截至2024年6月20日，全国共有本科学校1 308所，而985、211高校一共才占116所，正如黄灯所说："在大众化教育时代，越来越多的年轻人有机会接受高等教育，但只有少数人能进入光彩夺目的重点大学，更多的则走进数

① 2004年，驻马店师范高等专科学校、中原职业技术学院合并升格为黄淮学院。

量极为庞大的普通二本院校。""中国二本院校的学生，从某种程度而言，折射了中国最为多数普通年轻人的状况，他们的命运，勾画出了中国年轻群体最为常见的成长路径。"①所以，读懂二本生，才能读懂中国大学生。

因此，这就成了我动笔的重要原因。

还有一个原因是，我和我的大学同学马上就认识二十年了，毕业也有十五年了，大家的生活、工作已基本稳定，我想回望大家这些年的变化，看看一所普通的二本院校对一群普通学子的影响。这既是对我们青春的致敬，也是对我们这一代人历史的书写，希望这些记录和叙事能折射出时代的光斑，透漏出历史的素颜。

此想法由来已久，它出现在我入学十周年时或毕业十周年时，每个时间节点都是一个梳理和回顾流金岁月的很好的契机，而真正实践这一想法是在2024年1月。我在"2005大学同窗群"里问了两个问题：（1）河南、云南、江西、广东、四川、甘肃……同学们还有来自哪个省的？（2）从事教育（如老师、校长等职业）的同学有没有一半，占比如何？

我曾因为2019年毕业十周年没有和同学们聚会而觉得是一大遗憾，有些事一旦错过就永远错过了，所以为了争取在2025年——相识二十周年时再见，我决定行动了。

记得那天我兴奋得睡不着觉，凌晨3点，我在群里将我的内

① 黄灯.我的二本学生[M].北京：人民文学出版社，2020：2.

心所想和盘托出："同学们好，好久不见。时代巨变，青春已远，我想为咱们这个群体、这个时代写点儿东西。为我们的青春立传，为我们的岁月存照……我会不定期地叨扰大家，采访大家。长久不见，突然话多，请大家不要见怪。"一向谨慎的我放出大话，目的也是让同学们监督，以促行动。彼时我连作品的名字都想好了——"我的二本同学"。当然，这也是受到了备受欢迎的黄灯老师的《我的二本学生》的影响。黄灯老师写的是学生，我写的是同学。我与同学的距离更近，收集的材料更丰富，记录更真实，调研、采访也更便捷，所以我觉得此事可行、可成。

然而，话放了出去，设想得也很周全，可我却迟迟没有行动。按理说，时值春节假期，我们都更有闲暇，我也很想充实地利用这个假期。可细研究起来，发现困难重重：从谁开始？贸然联系ta，ta会愿意与我深聊吗？我有什么资格给他们"作传"？

眼看寒假要结束了。直到有一天，师弟老兵突然给我分享了一篇文章，于是我就和他畅聊了起来，并有意识地按我构想的采访形式与他对话。当天，我的第一篇稿子就出来了——"自我塑造重要，环境塑造更重要"。老兵虽不是我的同班同学，但仅比我低一年级，我们读书时的很多老师也是一样的。后来又一起去重庆读了研，我和他相处的时间比同班同学的还要长。更主要的是，我们的学习环境、成长年代是一样的，所以，他的故事也是我们这一群人的故事。鉴于这些，我就把采访他当作开端。

万事开头难。既然开了头，就趁热打铁。我相继完成了"平

凡的世界 昂扬的人生""正心正念走正道 自立自强更自信""活
成了大多数""孤独的潜行者"等多篇采访稿。然而,这些也只能
说明工作抓得紧,并不能代表进展得顺利。成书的过程中痛苦很
多,也就不一一道破了。

当然,我也不把这些困难归因于同学们的"无情",我只是深
觉大家被"谦虚""低调"毒害已久,总觉得自己是生如蝼蚁的命,
索然无味的人,没什么可写的。说实话,我也曾这么认为自己,
我也觉得我的人生不够波澜壮阔,没有曲折离奇,没人愿意了解,
更不值得书写。然而,不知为何,明知没有人读,明知普普通通,
但我还是愿意写一写。因为我认为,它有价值,哪怕暂时看不到。
君看牛溲马勃、菌苔草芥、毫不起眼,微身贱命,却各有价值。
且与世长存,不以己卑而弃,不以无视而亡。你我二三子岂可不
发一时微光,亮一斗之室。

后来,不知不觉地,我居然已经完成了十多个人的采访。尽
管在连续作战中我的颈椎病犯了,嗓子也发炎了,又添了口腔生
疮的病,却越挫越勇,未想过放弃。他们每个人的故事都很有趣,
每个人都为我打开了一扇我没见过的窗,让我不出书斋,看到了
室外一个全新的世界。虽然我们好久不见,但一见面就又能马上
熟悉回来,彼此都很开心,感觉有许多话要说。这也是我坚持下
去的动力。

按计划,我是要写成一本书的。若每个人物小传至少 5 000
字,需要采访至少 20 个同学,方够一本书的体量。这事难度重

重，由上可知。而且更糟糕的是，我们班虽然有32个人，但不一定都能联系上。所幸当年我们是三个班一起上课，现在的"2005大学同窗群"也是这三个班的集体群，我们早已不分彼此。三个班百十号人，从中找出20个来采访，这应该能做到。而且更便利的是，当年还有个四班——专升本过来的。专升本学生也是二本学生中的常见群体，作为备选也很合适。尽管种种准备都齐了，做起来的困难还是不少。毫无进展的时候，我躺在床上唉声叹气，辗转反侧，一天都盯着天花板，这也是写作时的常态了。

有的同学说，你的范围太窄，只把调查的对象集中在一个普通学校、一群普通人身上并不具有代表性。我也知道他们的顾虑，但反观之，唯其集中，所以独特。不过后来，我还是扩大了采访对象的范围，也择取了高中、初中、小学时的同学，采访他们考上大学前后的故事。我想，这样会更多元，能够与其他同学做比较，也更有代表意义。另外，为了扩充本书的体量，我对自己也做了最详实的"采访"，通过几个独立成篇的散文详细勾勒了我高考、读大学、考研、工作、出国的几个人生阶段，以期为大家提供一个更立体的读本。

最后，本书附上了我的两篇海外行记，以及我对那群学生的思念。我想，这些内容也能更有助于读者了解作为从二本学校走出来的我的工作、生活以及人生的选择。

我的采访是随机的，篇目以采访完稿的时间顺序排列。我以

"孤独的潜行者"开篇，以"活成了大多数"收尾，这是因为它们很好地概括了我们这样一群人的过去、现在及将来。

2024 年

于柬埔寨金边星汇城

lao
老

zhao
赵

孤独的潜行者

联系上老赵费了我九牛二虎之力，多数情况下都是我联系他，但他不理我。记得我俩最后一次联系是在2010年6月，当时我在西南大学读研，因为出国一事没办成，正发愁苦闷的时候和老赵聊过天，但没有深入。后来我还写了一首诗"答老赵"：

满腹愁肠如酒烧，

频频碰壁催泪抛。

思亲唯有梦中寄，

挚友垂询话又少。

此后十多年再也没有联系。他就好比遁地潜行了一般消失在我的生活中，仅留姓名存在于我的微信里。

其实老赵读大学时就独来独往，人比较老实，又沉默寡言，当然和我也没太多交集。只是觉得大家都是老实人，所以感觉和他的心理距离近一些。记得我约过他在男生宿舍楼之间的空地上打羽毛球，又经常在图书馆的报刊阅览室里偶遇。通常情况下，这个时候的我会跟他说："老赵，看完的《中国青年报》先别放回架子上，给我看看。"《中国青年报》在每年6月的高考季都会更新高校信息，我爱看这个，因为心有不甘，还时不时地掂量，我以前考的那点儿分如果报其他大学，是不是现在就不会在这穷乡僻壤的小学校了。老赵当年的第一志愿报的是郑州的学校，第二志愿才是黄淮学院。汉语言文学专业是他自己选的，他觉得文科里的专业就这个还比较实用。我的第一志愿报的是建筑学，后被调剂到了汉语言文学。他不忘开玩笑说，国家少了一个设计师。

毕业之后他回到了老家安阳，考了街道办的工作。后来转了行，现在在医院的人事科负责招聘，也算是学有所用。不过这一行确实历练人，沉默寡言的老赵愣是被练得能说会道了，一见面就夸我是个大忙人，这家伙可比上大学时"圆滑"多了。

我问他，你还记得"孤独的潜行者"吗。他笑了，说那是他的QQ签名——这我倒给忘了，不过我记得他在我们回宿舍的林荫路上跟我说，这也是兰州大学的一个称呼，我铭记在心，因为我也很喜欢这个称呼，我感觉我也是"孤独的潜行者"。人们不是常说"猛兽总是独行，牛羊才成群结队"吗，我喜欢装作很厉害的样子，以掩盖我的孤独、无友、无才。为了证实我的记忆，我还特意在"中国知网"上查了一下，2005年的《高校招生》杂志[1]上真的有这样一篇文章"兰州大学，孤独的潜行者"[2]。看来我的记忆还是可靠的。只是老赵"老"了，很多往事都记不得了，和他聊天，尽量忆往，他却三言两语把我打发了。可见他是个放眼未来，不喜念旧的人。

其实老赵只比我大两个多月，目前的身心状态也很好，珠圆玉润的。相貌和大学时没什么两样，连发型都没变。甚至在爱情的滋润下，比大学时显得更昂扬向上了，一扫昔日苦哈哈的状态。他工作稳定，夫妻恩爱，儿女双全，也是个有福之人。

他很关心其他同学的近况，第一个问到的就是亮仔。我问他为什么那么关心亮仔，他说那人比较厚道、踏实。看来物以类聚、人以群分的说法是十分科学的。我也把我对众同学的采访心得给他总结了一下。我说我们的这帮同学都走在向上的路上，都实现了从农村到城市的"阶层"跨越，但也都没有特别冒尖和落魄的。总之，我们就是一群普通大学毕业的普通人，被社会安置在适当的阶层，一如当年母校的地位一样。有意思的是，大家干什么的都有：校长、警察、律师、公务员、管理者、商人，教师不到一半。终归是没有跳出汉语言文学专业是"中文系万金油"的铁律。

鉴于学校的历史发展，他对母校也是不满意的，他说母校

---

[1] 原名《中国高校招生》杂志，创刊于1992年。
[2] 袁峰：《兰州大学，孤独的潜行者》，《高校招生》2005年第11期。

没有文化气息和历史积淀，这也是事实。给他留下最深印象的老师也是从武汉大学请来的曾老师，他评价母校的老师都属于"搞笑派"。

　　我的采访因他觉得时间太晚、打扰睡眠而结束。我把整理好的采访稿连夜发给了他，兴奋地期待着他的回复，哪怕是一个"阅"字。然而，第二天没见他有任何表态。随后我又发了一个截图，以向他解释我的用意，图里是我在微信群里发的那个计划："同学们好，好久不见。时代巨变，青春已远……"

　　两个小时后他回复了："你的事业有点宏大，我的经历也不算丰富，最后的归宿基本定了，你还有无限可能。"虽是"圆滑"的官腔，却燃起了我继续采访的斗志。同时，我觉得老赵还是会接触社会的，然而，当我再打电话时又没人接了，且迄今只字未回。看来老赵又玩起了"遁术"，估计我俩以后也只能相忘于江湖了。

lao

老

bing

兵

自我塑造重要 环境塑造更重要

2024年的正月初五，老兵突然给我发来了一篇文章，文章讲的是金开泰老先生追忆老师吴宓。吴宓是我的母校西南大学的国学大师，我读研时曾有志于研究吴宓，并计划为其写一些文章。在那时的我看来，吴宓是一个"矛盾"综合体，半中半西，亦古亦今，既聪明又糊涂，既浪漫又保守，总之稀奇古怪，是是非非，无处下笔。也因我研究不深，才力有限，计划不了了之。

这日老兵能与我"奇文共赏"，乃"知我者"也。

准确地说，老兵是我的师弟，我是2005年考入黄淮学院的，他是2006年。母校黄淮学院是2004年升格的，所以那几年正处于初创阶段。我清晰地记得2006年的时候，母校的中区还没有建好，为了迎接新生的到来，校方临时灌筑了一条水泥路，但迎新的那几天又恰逢雨天，水泥路还没凝固，新生们都是踏着泥泞被我们迎进来的。

大学毕业后，我到重庆的西南大学读研。一年后，老兵也来到重庆的西南政法大学读研。我们于山城再聚首，当时还开玩笑说，"黄淮学院重庆校友会可以成立了"。

老兵人很瘦，健谈，幽默。今日再见发现他长肉了，白头发也有了几根，这让我强烈地意识到，我们已十年没见，彼此都人到中年。他新长出的肉是他十分幸福的婚后生活的映射。他的爱人是名医生，山东人，两人在火车上偶遇，结缘。和他聊天的过程中，处处都能感受到他对婚姻的满意：妈妈在小区里逢人就夸；老婆也不"物质"。说到自己的求学历程，他多次提到是因为自己运气不好；但说到媳妇，他总是情不自禁地说自己很幸运——"可遇而不可求"（老兵自言）。

老兵的求学路比我复杂，但也是我们那一代很多人的缩影。他小学时的学习成绩好，在初中时走了下坡路，以至于准备辍学打工。好在爸妈开明，支持他去读私立高中，那也是他们那一带最差的高中。幸好高中时的老兵"顿悟"了，觉得学习也没有那么难。2005年第一次参加高考，老兵就考上了三本，后来免费复读，第二次发挥失常——这也是老兵说的运气不好——只好去了黄淮学院。

其实，老兵的家庭情况还是不错的，起码比我的好，放在我们村里那绝对是"人上人"。老兵的家在安阳林州，林州的经济本身就不错，属于全国百强县，闻名天下的"红旗渠"就在那里。2013年8月的时候我还带我爸爸去那儿做过手术，当时就觉得，一个县级市居然有全国一流的医院是真不得了，而且林州还是个山美水美的地方。

老兵的爸爸是工人，哥哥是大学生，表叔也是西南政法大学的大学生。当我问及家庭环境给他带来的积极和消极影响时，他直接屏蔽了消极影响，说自己已经和父母和解了，父母已经将他们所能营造的最好的条件都给了他。在我看来，他说的"和解"就是理解，同时不做无意义的内耗和挣扎——毕竟我们谁也无法选择出身。原生家庭给个人带来的消极影响是每个人都能深有体会的，老兵理解了父母，他知道"环境不可以改变，但可以改变自己的心境"，所以他现在对父母、对环境更多的是理解和感恩。这，并非每个人都能做到，比如我，我清晰地知道母亲对我的负面影响，我遗传了她倔强、小气的特征，但我没有抱怨，因为我知道是环境塑造了个人。母亲的小气，不舍得吃穿，也是被环境塑造的。今天的我能挣钱了，却依然不舍得吃穿，但其实换个角度看，勤俭节约又何尝不是传统美德。

老兵的妈妈属于做事极其仔细，慢条斯理的一类人，这一点在老兵身上也能看到。他的爸爸也努力创造条件，全力支持他读书，老兵对此的评价是，"这是爸爸在村里邻居面前最爱'炫耀'的一件事"——这一点和我爸简直一模一样。

老兵在谈到母校对他的影响时说，"自我塑造重要，但环境塑造更重要"，这句话放在这里也是适用的。通过老兵的叙述，我看到我们很多平凡家庭或者穷苦家庭出身的孩子不仅心理健康，而且普遍懂事，善解人意，不怨天尤人，总能更乐观地向前看。

说到环境和影响，我还向老兵提了两个问题：一是，读大学期间对他影响最深的老师是谁？二是，读大学期间对他影响最深的书是哪一本？关于这两个问题，老兵深思了许久，最后回答，没有。我想我完全理解。

我们读的本科专业都是汉语言文学，老兵选择这个专业是受家人的影响，因为哥哥姐姐都是老师。他研究生读的是新闻学，一是因为那时候新闻还算热门，起码比汉语言文学更好就业，新闻研究生毕业后还能轻松进高校；二是因为西南政法大学新闻学的研究生考试考古代汉语，汉语言文学出身的他有优势。不过，现在的他觉得汉语言文学其实有很多事可以做，有很多内容可以学，怕就怕自己学得不精。在老兵看来，对于本科时期的很多学生，尤其是人文社科类学科的来说，具体学什么不重要，重要的是要带着什么思路去学。当然，怎么教，会影响怎么学，从这个角度看，老师、学校真的很重要。总的来说，我们很多人的学习之路都缺乏"明师"的指导，更多的是自己摸着石头过河。比如注册会计师、法考什么的，在学习能力最强、精力最旺盛的时候，没有人告诉自己考证的重要性，等到错过了才知道，却为时已晚。人生这条河，蹚过方知深浅，但知道了，也跌倒了。这也许就是信息差吧，选学校、选专业、选工作都是一样的，希望有人能给出一些建议。限于当时的天真、不成熟，我们也许不一定会听，但起码也做了选择。现实是，我们没有更多的信息，连选择的机会都没有。

　　老兵后来和我说，其实有一个对他影响比较大的老师，对方是他在考研培训机构遇到的一个刚从西北政法大学毕业的年轻女老师，是她给了老兵一些考研方面的指导，让他坚定了自己报考的方向，明确了选择的学校。反观彼时的本科母校，懂行者寥寥无几，能给予自己影响和帮助的人更是难遇其一。他说，当时的大学读得浑浑噩噩的，唯一给过他一些读书上的指点，让他知道大学该怎么读的，是母校延聘的河南大学的老师。那位老师说，中文系的大学生应该储备500首唐诗、300首宋词、100篇古文，这不啻为混沌之中的一束光——第一次有老师给他量化、明示了大学的读法。说到这里，我们都不由地感叹：我们可能和985、211的学生没有多大的差别，谁比谁多考了几分证明不了谁更聪明、更努力，我们只是缺乏指导。这让我想起了《后汉纪》中让人感慨万千的一句话："经师易遇，人师难遭。"传授知识的老师容易遇到，为人师表的人却难求，而对于我们这些普通的大学生来说，经师、人师都难遇，若万幸得遇其一，也许可以少走很多弯路，多出一些成绩。

　　说到这里，老兵又补充了一个在母校遇到的"明师"——他的论文指导老师。一位中专毕业，四十多岁获得南京大学博士学位的奇人，他的个人经历足以影响学生万千了。老兵的本科论文研究的是苏轼与杨慎，这两者的联系看起来有点儿跳跃，但那位老师很支持，鼓励他按着自己的想法去做。老师传奇的人生经历和不拘一格的论文指导让老兵明白：只要人有觉醒时，生活处处是转机。这并不是说，老师走过的路对他产生了多么深刻的直接影响，而是在老兵心里，老师是那一批中相对独特的一位。老师的故事告诉我们，求学、工作并不只有一个模式，有的平铺直叙，有的跌宕起伏，不存在孰高孰低，这些都是生活。

说到读书，我们的阅读量普遍都少，一是学校的老图书馆的书确实少，新图书馆在我们大学毕业时才刚建成，当时还没有书摆进去。为此，我还在自己写的小说里写过打油诗，讽刺过，"××学院图书馆，卫生肮脏没人管。图书少得真可怜，一本《论语》找半天"。二是没人指导，我们这些学生的多数时间都在东一榔头西一斧头地瞎学、瞎忙，看着忙忙碌碌，实则浅尝辄止。有时也泡泡图书馆、翻翻书，但时间短、频次少。尤其是中文系的，自我感觉良好，总觉得就算不读也比其他系的读的书多。但没有比较，就没法清醒：那年，我去西南大学参加研究生复试时遇到一个师兄，他的宿舍里，上床下桌，甚至厕所阳台上都堆满了他的书。我看到此景，震惊的程度不亚于刘姥姥进大观园。就这么说吧，他那些书的专业度和深度，是我本科母校的图书馆和任何一个本科老师的藏书都无法企及的。同样的情况老兵也谈到了：当时和一起考进西南政法大学的同学感慨，西南政法的学生读书很广、很深，而且，和他一起的这位同学还是浙江工商大学的一本学生，差距可见一斑。

和老兵聊了那么多，我总是时不时地感觉后脊发凉。这是因为，我现在也是大学老师，我在反思上课时有没有应付，我的书有没有读下去，学问有没有深究下去。我真的害怕多年以后，我也成了学生口中那个不学无术、误人子弟、天天就知道念PPT混课时费的老师，变成在学生眼里毫无印象、毫无影响、毫无存在感的老师。我不想成为他们最美年华、最关键时期里的不堪回忆。

老兵是个清醒的人。我的"采访"很随机，他却像有备而来一般应对自如。可见，他也在反思自己走过的路。他说，普通大学生的上升通道多靠自省，靠不满现状，靠自己不断地追求、上进。他在工作中遇到不少清华北大的毕业生，名校也非尘外，这些毕业生往往也符合二八定律，即百分之二十的人往高精尖的路上走了，而剩下的百分之八十也是芸芸众生中的一员，甚至活得更累、更苦，因为名校的光环拔高了周围人对他们的期望。比如同一件事，普通大学生学两遍会了，清华的学生学两遍也会了，但大家就会觉得，你怎么可能也要学两遍才会呢。"鄙视链"影响的不只是二本学生，名校的学生也有自己的苦恼，他们也会心累。所谓"高处不胜寒"吧。老兵见证了名校生与普通学生的境况，他说，将来如果自己有孩子，就培养他做"大多数"，不去爬金字塔尖，他更看重的是孩子要对自己有清晰的认知，找到兴趣，发展特长，并持续不断地发力。纸上得来终觉浅，绝知此事要躬行。有如此明智的认知，绝对是他"躬行"的结果。说到这里，他提到了一个词，"内驱力"，而我觉得这是"发心"。

老兵还给我举了一个例子。他的一个朋友特别喜欢读金庸的小说，现在靠解读金庸的作品来养公众号，最终靠它致富养家。"谁能想到，这个曾被老师批判、阻止的爱好，居然成了他赖以生存的'专业'。"老兵感慨道。是的，爱好很重要，爱好可以是专业，爱好可以是生活。"很多专家、教授、学者其实就是在自己爱好的领域里比别人多懂了一点儿而已。"老兵继续感慨，我也附和：所谓专家，就是行行中的状元，就是在自己的行业里比同行人"多前进了一小步"的那些人。

现在的老兵已经从河南落户到了重庆，老婆有技术，自己在国企，儿子很可爱，父母在身边。上荣耀了老人，下幸福了孩子。夫妻二人又是双职工、双收入，这一切都是他和爱人一起努力的结果，也是因为读书而得到的成绩。可以这么说，改造环境、阶级跃升、逆天改命、"改朝换代"，都在他身上实现了。

他属兔，突飞猛进的"兔"。

lao

老

wu

五

正心正念走正道
自立自强更自信

2023年的我在华东师范大学工作。当时特别苦恼、迷茫，感觉条条都是路，但路路走不通。于是我向老五倾诉，两个大男人一下子聊到后半夜，若不是担心彼此身体吃不消，我们能聊到天亮。2024年，我准备动笔为大学同学写书时联系到了老五，我俩一聊又是两个多小时过去了，要不是到了饭点，还能唠。

我想起2012年我去老五家的情形。他带我去他们村外的小池塘，在池塘边老树坑沿，他滔滔不绝地跟我讲着他成长以来的那些事，看来老五也是个有故事的人。

老五是我大学宿舍的老小，1987年生人，老家是南阳内乡的。内乡是千年古县，我2012年曾去那边参加一个大学同学的婚礼，还遇上了南阳举办的全国农运会。保存完好、原汁原味的内乡古县衙给我留下了深刻的印象。直到那时候我才知道，原来中华巨龙的龙头在北京，龙尾在内乡。但内乡实在低调，南阳亦如此。

记得当年，我们宿舍里的几个河南人争相炫耀起自己的家乡，我说我们周口是河南第一大市，那个时候我尚不知南阳无论是在人口、面积，还是历史、经济总量上，都比我们周口厉害。我如此"孤陋寡闻"，这可能也从侧面反映了，南阳的确低调、不事张扬。

老五说，其实我们河南人都是那个样子：忠厚，老实，低调，不自信，更不善于推销自己。这其实也是很多中国人的样子。他还拿我们的江西同学和云南同学作例证。我们自认为，论学习成绩，河南学生不输外省学生，但论口才，论个性，论表现力，江西和云南的同学确实比我们更亮眼。我对这两个省的同学印象颇深：一想到江西同学，首先映入脑海的就是他们的口才，他们个个都是雄辩之士，提到这儿，仿佛他们现在就在围着我滔滔输出。而云南同学则如"江南七怪"，其貌奇异却各有所长，抽烟、喝酒、恋爱、社交，没有他们不擅长的，着实让我们这帮"谦谦君子"的中原人士羡慕嫉妒。老五坚定地说，我一定要我的孩子未来比我更自信，所以他们现在想学舞蹈什么的，我都大力支持。

老五现有一女一儿，妻子是经人介绍的，和他在同一家单位上班。他认为自信源自能力，但也需要培养。他给我举了个例子，他认识一个清华的高材生，一起工作时没见得对方自信和能说，后来到了基层，迎来送往多了，接触了大大小小的各类政客，很快就变得能言善辩，气场、自信、官腔都有了。这也是被环境塑造的结果吧。我以前也坚信自信源自能力，但今日醍醐灌顶，自信也需要锻炼。白居易有言：周公恐惧流言日，王莽谦恭未篡时。

向使当初身便死，一生真伪复谁知。人有时候是需要"假装"一下的，假装也有其力量，假装自信，也是自信。

老五说，他的不自信源自严父。他的父亲是村里的村副主任，实权没有，破事不少，村主任不愿抛头露面的很多时候，老五的父亲就是最佳"替补"。父亲支持他读书，却没有告诉他要勇敢，要向前冲，冲到最高层。他父亲说得最多的就是：这个我不懂，你自己拿主意，你读书我供你，你辍学我帮你找出路。因此，老五形容自己有点儿像温室里的花朵。最给他打击的一次是考公务员这个事，父亲没有给他任何指导和规划，反倒跟他说了一个失败的案例：村里有一个官，当了二十年的官了每天还是骑着一辆破自行车走访，你看，当官是发不了财的。这个村官的现状让老五看到了当官的"上限"，他彻底失去了从政之愿。尽管工作多年之后他也曾试图跳出舒适圈，考个公务员试试，但一连两次都失败了，因为他压根没有准备，并且自认为中文系毕业的考个公务员还不是探囊取物。直到2018年他认真准备，而且取得了离"官帽"最接近的一次好成绩，无奈却因父亲的大意——没把他入党的事放在心上导致程序无效。从此老五绝意仕途。

其实老五是有从政的基因的，父亲是村副主任，爷爷当过村支书。老五生长在一个大家庭，爸爸兄弟五个，爷爷绝对是这个大家庭的主心骨，毕竟当了一辈子的老村支书，极具声望，一家在村里算是很有地位。1999年，爷爷去世，家世大不如前。听了老五的故事，我想到了两个人，彼时的老五如这两人的异世再现。一个是鲁迅，一个是贾宝玉。鲁迅说，"有谁从小康人家而坠入困顿的么，我以为在这途路中，大概可以看见世人的真面目"。贾宝玉也是，眼看他起朱楼，眼看他宴宾客，眼看他楼塌了。呼啦啦大厦将倾。老五的家族虽没有他们的家大业大，也不是濒于大厦将倾，但他们的处境和心境，或许老五完全能够共情。

从政路断，老五毕业时也试过当老师。当时父亲提了两桶香油、一只公鸡，给他做四高校长的朋友送去，以为老五求得一个实习的机会。老五就这样硬着头皮在讲台上站了两个月，终因自己性格内敛和工资不理想而放弃。但我觉得这些都不是主要原因，终归还是老五志不在此。他说看着老师5点起床，熬到晚上9点下班，他不想这样一辈子看到头。

就在这个时候，老五老家的南阳师范学院办了一次招聘会，一家汽车零部件公司在招办公室人员，老五去问对方，公司有没有发展前景，人家爽快地告诉他大有前途。面试时公司给他出了一道题：为今日的招聘会写一篇通讯。这对于中文系汉语言文学专业出身的老五来说是手到擒来的事儿。就这样，老五入职了这家公司，目前是办公室主任。不过据他说，他刚来公司时的月工资才800元。就这样，他一步一步干到了今天。其实我很佩服这种人，我们宿舍的老二也是这样的，一毕业就入职了一家超市，一直干到今天，如今车、房、家庭、事业都有了。

同时，我也一直有个疑问：一直做一件事，不单调吗？或许，他们正乐在其中，他们可能也会反问我："不香"吗？换个角度想想，其实换工作也没有那么容易，很多人都是择一业而耗终身。关于这个话题，以前我还和我爸讨论过，他说很多事儿往上挖挖都是有"根"的，比如我们村的一个人为什么跑到了新疆发展呢？因为他的叔叔在那儿。为什么干警察呢？因为他的爸爸是警察。我妈也说过，你爸那个木业活，嘤嘤的①也不赚钱，但一辈子没扔掉。由此可见，多数人一旦入了行，真是"在劫难逃"了。

　　说到老五的学习，其实也有很多故事。老五初高中成绩波动挺大的，初三时受家乡某些打工仔光鲜亮丽的外表的影响，有了辍学打工的打算，最终导致家里不得不出大价钱让他读了一个高中。高二时又迷恋小说，爱好诗词，同学说你为什么不读文科，于是他读了文，但其实他的数学很好。2004年参加高考，他考了505分，离本科线不远，他决定复读。2005年二战，考了531分，刚刚超二本线9分，因数学发挥失常，导致他从报考的文理兼收的建筑学而被调剂到汉语言文学。他清晰地记得，当时黄淮学院招生办打来的电话说：看你的语文成绩不错你被调剂到汉语言文学了，你愿不愿意，给你15分钟的考虑时间。老五就问了一句"是本科吗"。"是"。于是老五毫不犹豫地同意了。毕竟他复读一年的最低目标就是想上个本科。值得一提的是，他的第一志愿是河南理工大学，黄淮学院是他的第二志愿。这一点和我的经历几乎一样：我的第一志愿是西华大学文理兼收的工业设计，落榜；

————————

① 豫东方言，意为半死不活的样子。

第二志愿是黄淮学院文理兼收的建筑学，结果被调剂到汉语言文学。唯一的区别是，我没有接到招生办的征询电话。当我接到黄淮学院的录取通知书时是极不情愿去的，而且我说，调我去哪个专业都行，可偏偏去了最不想去的中文专业。最后还是"胳膊拧不过大腿"，接受了命运的安排。如今回过头来看，也许一切都是天意，天意就是最好的安排。

读大学时的老五有些特立独行，比如我们宿舍里的兄弟抱团取暖时，他偏偏热衷于搞"外交"，跟其他宿舍的人员来往亲密，有段时间还到其他宿舍住过。宿舍里鸡毛蒜皮那些事儿他往往不在意，常常将自己置身事外，忙着打篮球，"串门"。记得大二时，我们宿舍因为打扫卫生、烧水、吸烟、熬夜等等一系列事件积攒的矛盾爆发了，兄弟几个互相批评，各抒不满。这时老五碰巧回来，但没带钥匙，叫人开门，大家正吵得不可开交，没空理他。后来老三说："我听到了，不过家里都出事了你还去喝鱼汤，谁给你开！"老五觉得兄弟之间不应该这样，于是他说："你们吵吧，不关我的事，我想使自己尽量快乐。"说完便自己去找热得快烧水去了。

再说读书。老五喜欢读哲学或老人言，像《菜根谭》《围炉夜话》《人生的归宿》之类的。因此我觉得他的思考比我要深刻。记得我问他，对他影响最深的大学老师是谁时，他想都没想就说是曾老师。曾老师是母校为了帮助我们开阔眼界特意从武汉大学延聘的名师，他给我们上了一个学期的"文艺美学"（他的代表作是《文艺学原理》）课，其中涉及教育学、哲学、心理学、西方文学等，这些已完全超出了我的理解范围。曾老师的一腔热血、满腹经纶，到我这儿"刀枪不入"，不知所云，我也辜负了老师的一番热忱，但没想到老五居然有如此领会，他的理解力真的令我望尘莫及。

大学那会儿我总觉得贪玩、会玩的老五不比我强，但近来接触得越久，越发觉得老五的厉害。就拿今日的聊天来说，他接连不断地抛出成语：搜肠刮肚、出口成章、寂寂无闻、不怒自威、深受其害、虚与委蛇……很有种董宇辉的范儿，巧的是聊天中他也多次提过董宇辉，并说最近看了不少董宇辉推荐的书。说到董宇辉，我们有个共识：大多数中文系的才子也有董宇辉的实力，却无董宇辉的平台和运气。如果我们满口"小文章"，只会让一些人觉得我们在"拽文"，"酸文假醋"的，可见知识分享错了人，跟骂人差不多。

老五说，去年他读了近十本书，最近一个月没读，就觉得光阴被虚度了。这让我一个守着图书馆的大学老师坐立不安，我已经好久没有完完整整地读过一本书了。对于读书，老五有着清晰的认知，他说他现在读得最多的是历史、经管类的，而且一定要有悟之后再读书，多做笔记多思考。沉迷手机等于浪费人生，无效社交等于自减寿命，哪怕每天只有十分钟，他也愿意读书。他说这也是受了我的影响，因为去年我给他看了我写的"大学行记"，他觉得他也该收收心，看看书，动动笔了。我闻此言羞愧难当，因为深知自己读书少，爱好泛，根底浅。

老五还喜欢看人物传记，他能从别人的经历中汲取能量，找到更适合自己的路。因此，他十分赞同我写写大学同学的"传记"。他觉得每个人的环境不同、阅历不同，千姿百态，皆有意义。他说了一句很有哲理的话：人人都是垫脚石。每个人都踩着前人的肩膀前进，复为后人的阶梯。他回首过去，感慨荒废多，成就小，但所幸有那些"垫脚石"，也包括文凭。

天明，我又收到老五手书的小楷：精神到处文章老，学问深时意气平。读书滋逸气，阅世溢豪情。好书悟后三更月，良友来时四座春。老五还是那么书生意气，追求上进。读到此楷书时，我仿佛看到一个老干部坐在办公室里读书，看报，品茗，他抬头对后生说：正心正念走正道，自立自强更自信。

lao

老

san

中文人的从警之路

老三是对我影响很大的大学室友。2009年我刚开始工作，时不时地很想他，还写下了"想老三"：

上周六，单位突然让我串一个讲座，也算是当个主持人吧，为了不给大学生丢脸，我还真下功夫好好准备了一番。

和老板进了晚餐之后，我便匆匆赶回宿舍向大家借皮鞋、西裤，以及最重要的领带。但由于这是临时的考研宿舍，大家都没把那玩意儿搬来。行借未果，失望之余我越发想老三了，同时脑海中闪过他的那套西装。

记得每次要出席正式场合时，行头我都要借一通，而第一个开口的对象就是老三。即使他自己没有，也能通过人脉帮我借到。

年初考研复试前，我要去照几张一寸证件照，想把自己打扮得西装革履的，但没领带，也不会打。于是我叫醒还在床上的老三。他并未因我打扰了他的美梦而烦闷，不仅如此，还拿出了他的领带，认真地给我打了起来，尽管双眼还未完全睁开。打完又帮我整整衣服，拍了拍我的肩膀便让我去照相了。他则倒头又去睡了。

在我的印象中，老三是个热心又豪爽的人，尤其对"自家兄弟"常常倾囊相助。在大学毕业典礼上，我穿了他的牛仔裤；见朋友，还穿过他的红袄；在采集毕业相的时候，我穿过他的坎肩；前段实习时，我把他的被子拿到单位，至今仍扔在那儿。

但老三也是个大大咧咧的汉子。我们宿舍几个兄弟的床铺就没有他没睡过的，平时滚到谁铺上就睡谁铺上，尤其在喝醉了之后。说实话，我最烦的就是酒鬼。四年来，对于老三的种种醉态我是历历在目，有时还为此和他闹过矛盾。

老三最后一次喝醉是在大四下学期，他躺在老大的床上，头都没伸到床外便开吐。后来兄弟几个拿了个盆子让他往盆里吐，他吐得很畅快，表情却极其痛苦。宿舍里弥漫着一股子酒菜味。盆里的东西，看看就想吐，我实在受不了了，为了让他以后别喝那么多，我说我要把他端盆呕吐的丑态拍下来，等他酒醒之后给他看看，让他以此为戒。谁知从来没向我发过火的老三这次却显示出极大的抵触。我也只好作罢，可能此举伤了他的自尊心。

老三虽是南方人，却有北方人的豪爽，所以他人缘很广，跟宿舍的兄弟相处得也很好。如今大学毕业了，四年的兄弟都已奔向四方。虽然才与老三相别两个月，但却不时地想他，想宿舍的兄弟，常希望大家能有机会再次躺在各自的铺上海阔天空地聊起来。

老三是江西南昌人，只比我大六天，但在宿舍兄弟的排行中"夺"走了我最想成为的"老三"。记得当年，坐了一天一夜的火车来到黄淮学院的老三，身上是我从未见过的白色宽大腰带搭配蓝色牛仔裤，一进宿舍倒头便睡，与如此狂放不羁的大学同学相见的第一面，给我这个来自农村、对大学充满崇拜的单纯学生带来了巨大冲击，甚至吓到了我这个"土包子"。

四年相处下来，我发现老三特别热心、活跃，和其他江西"老表"一样能言善辩，唯有普通话讲得有些生硬，近来发现，他回江西工作后普通话水平又退步了。昨天和他聊天，我问他怎么追到嫂子的，他得意地说："还不是我行书好。"于是我极力回忆，老三是什么时候练习的书法。虽然印象中他的字是写得比我好，但也没好得能惊艳女生的地步啊。后来我才听明白，原来是他的"情书"写得好。不过我错听成"行书"也是不无道理的，因为我在问他印象最深刻的母校老师是谁时，他就提到了一位写毛笔字的老师。可见老三还是很中意书法的。

老三不止一次地跟我讲过他的浪漫故事：三嫂和他是高中同

学，他在竹简上写了一篇文辞古雅的情书打动了美人芳心。这么浪漫的事老三是做得出来的。记得他在大三追求同学时，就已经在校园的旗杆下摆蜡烛放烟花了，成了我们那个"穷乡僻壤"的小学校轰动一时的新闻。老三活泼开朗。因为我们读的是汉语言文学专业，普通话是必考的。记得我考过"二甲"时，老三"捶胸顿足"地调侃："老四那么烂的普通话居然考了88分，苍天啊，大地啊，太没道理啦！"

老三当年是高考复读生，而且是在复读时从理转了文，因为对化学一窍不通，但政治、地理的成绩还不错，所以在复读时就来了个"急转弯"。我们河南有个顺口溜，"理转文，必走人"，结果他还真的考上了黄淮学院。

我们这个专业毕业的，很多会当语文老师，虽然老三有点文人骚客的情结，但老师这份职业还是不能打动他。其实，他打小的梦想是当一名警察。老三的爸爸是城管，小时候看到爸爸穿制服觉得特别威风，而且他家隔壁就是派出所，从小就见过太多威风八面、走路生风的警察。他说他家虽在南昌，但处于偏僻的小县，家里还是很穷的。其实比起我的条件，老三的实在强很多。我2007年寒假去过他家，这也是我人生中第一次到南方过冬，第一次见到南方的树在冬天还郁郁葱葱的，第一次逛了巨大的沃尔玛超市，第一次来到省会城市，而且南昌果真是座英雄城，八一广场也震撼到了我。这就是我们现在常说的一句话吧，条条大道通罗马，而有的人一出生就在罗马。所以时至今日，老三对母校，以及对母校所在的驻马店的评价依然是落后，也就不足为怪了。记得当年，我爸爸送我去大学报到后，回去跟村里人说，大学真大，比我们村都大。老三和我们一个是俯视，一个是仰视，起点不同，眼界自然也不一样。

然而，作为一个纯文人，老三是如何走上今天警察这条路的，这一点一直让我困惑。

其实，老三毕业后也当过语文老师。碰巧他的邻居告诉他，家旁边的派出所正在招警。警务系统有26个部门，其中有个办公室要汉语言文学专业的学生，于是后来，通过努力，他顺利地穿上了梦寐以求的警服。虽是个文员，但他已经能体会到威风八面、走路生风了。不过，骨子里的文人情怀依然能够让他坚守"举世皆浊我独清"，成为别人眼中的"傻子"。

汉语言文学专业在警务系统的用处是什么，我一直很好奇，老三与我的交谈帮我解答了这一疑问，也让我充分体会到中文系"万金油"的魔力。他现在已经成长为警务系统里的一支笔，为一名局长、三名副局长和一名政委书写材料，专业水平也提升了很多。有一次领导去某地考察，归来就给了老三28个字，让老三写出1万字的考察报告。于是老三多方打听，采访随行人员，又上网查阅那个地方的警务模式，好在很多资料网上都能找到。就这样，他耗时一个月"闭门造车"，完成了领导交给的这项任务。老三开玩笑说，这比他写毕业论文都认真、见效快。

老三现在也是当爸爸的人了，有一个喜欢奔跑的女儿，再也不是那个唱着《杯水情歌》、喝得糊里糊涂的公子哥了。他上班的地方离家大概40分钟车程，即使每天下班很晚，他也能回家陪陪家人。"有家可归"，让人羡慕。面对我这种四海漂泊、遥居海外、有家难回的人，老三倒是开始当起了大哥，"批评"我不能这么不顾家了。

下班后的老三还在吃夜宵，鸡块是啃得真香，状态比我上次见他时还好。2015年，宿舍的老二结婚，我们重回母校，并一起做了件难忘的事——在操场上脱掉上衣赛跑。当时我们有三人比拼，我拔得头筹，老三跑得上气不接下气的，我还笑他这要怎么追小偷啊。那个时候老三还没结婚，也还没因为工作调回南昌，还在奔波、为事业操心的阶段。现在，一切步入正轨，他安安稳稳地过着自己的小日子。那肉啃得让人羡慕。

liang

亮

zai

仔

平凡的世界
昂扬的人生

老同学就是老同学。多年不见，再见如故。

我和亮仔同学四年，但很少来往。可是今天一见，我们仍无话不谈，格外亲切。大概这就是老同学吧，他了解你，不打扰你，又不曾忘了你。

再见亮仔已是毕业十五年之后了，整整十五年里，我们没有见过面，也没有联系。今日再见，给我冲击最大的是他那饱经风霜的脸，皱纹多了，头发少了。印象中那个和跳水王子、奥运冠军田亮一样帅气、精神、阳光的大男孩，如今已是中年大叔。他系着围裙，正忙着给家人做午饭。在外干得了工程，在家下得了厨房，真是个好男人。记得大学时他任班委，那时候的班长是风风火火的女生庄同学，他们搭档得很好，庄同学不止一次和大家调侃：我们班是女主外，男主内。在我看来，亮仔始终是那个心细、有责任心的男人。

我和亮仔的一次印象较深的交集是在大学的最后一个学期。那时候大伙都忙着找实习单位，我在准备考研复试，实习一事对我来说可有可无。一天，我碰到亮仔，他说有一家单位招编辑，他要去看一看，我碰巧无事就陪他一起去了。为了积累找工作的经验，我也参与了面试。那家单位的老板让我们每人发一篇自己写的文章给他，他想看看文笔如何。于是我们找到一个网吧，碰巧我有一篇大三时写的万字小说，打算发这个过去。但我担心被人剽了心血，于是亮仔建议我截取一部分发送，我照做了，结果被顺利录取了。人生的第一份工作来得如此顺利，且充满戏剧性，让我喜出望外。因为这件事，亮仔也和我的青春岁月永远地"捆绑"在了一起。

亮仔是四川达州人，高考的第一志愿是西南交通大学，他也是以第二志愿来到黄淮学院的。当年黄淮学院问他是愿意调剂到数学专业还是汉语言文学专业，考虑到汉语言文学的出路更加宽广，他就选择了后者。回看他丰富的阅历和卓越的管理才能，爱动脑，有想法，有心思，会揣摩，汉语言文学确实适合他，而这些阅历也充分发挥、延伸了他的专业优势和特长。

2009年大学毕业之后，他就回四川老家找工作了，父母的意思是想让他当老师，但亮仔志不在此。他说从小到大见识过老师的工作——单调，循环往复，没有新鲜感，他更愿意去挑战自己。这让我想起他在大学期间就和同学一起开店的事儿：彼时大学该怎么读我还没弄明白，但他已经和同学阿术在校外创办了自己的

"企业"——滋味堂——一个奶茶店、书店、饰品店的综合体。我尚发愁吃喝，他们却已当起了老板。

果然，"不走寻常路"的他后来来到了动物园。俗话说，靠山吃山、靠水吃水，有的同学靠着母校在校外"吃"起了母校的学生市场，而亮仔靠着四川老家"吃"起了大熊猫。他来到雅安5A级的动物园，过起了令人羡慕的生活：抱抱大熊猫、看看老虎打架、给动物们起名字。他在里面虽然不能给动物看病、配种、制食，但游刃有余地做起了检票卖票、纪律检查、园林规划、环境保护、旅游宣传等工作。原来，动物园也离不开汉语言文学，这着实令我大开眼界。

最令我羡慕的，是动物园的工作太养生了。首先，动物园远离闹市，山环水绕，是个天然氧吧，环境质量简直好得没的说。其次，工作不复杂，轻松愉悦。再次，能少与人打交道，多与动物打交道，这是我觉得最幸福的事。亮仔经常做的，就是听晨钟暮鼓，看潺潺流水。实在无聊，就利用动物园里一个废弃的磨盘天天推磨健身；有时为了打一场篮球，他选择步行几公里下山去找球场，真是年轻力壮、精力充沛。亮仔也充分发挥了他的专业特长，在山水间读书、思考，虽常常"不着一字"，但已经"尽得风流"。回忆那段岁月，亮仔讲起来眉飞色舞的，足见那段惬意的时光是多么迷人。他说就连那里的泉水都是"柔滑"的。

成都太安逸，来了不想走，这往往是对外省人说的。而对于土生土长的四川娃亮仔来说，三年的"动物世界"虽洗涤了心灵，但没让他脱离尘世。为了照顾家小，他选择返回老家达州。而彼时的他已到了升职加薪的关口，又是领导的左膀右臂，所以他在心中酝酿了许久。在和领导散步时，他做了很长的铺垫才向领导表达去意，领导先是震惊，后是挽留，最后是理解。亮仔再一次发挥了他的专业优势，通过考试进入了路政系统。这对我来说又是一个全新的领域，对亮仔来说是"挑战"自己的新擂台。

路政对于亮仔来说是一个全新的赛场，虽然工作经验很少，不过他人缘好，到哪都能遇到贵人。他先被领导安排到人事处做了副手。大家都知道人事处要管的事复杂得很：社保、工资、制度等。人事处给自己的定义也颇为有趣：人事处就是不干人事的地方。亮仔先从端茶倒水擦桌子做起，同时发挥他善于察言观色、揣摩心思的特长，获得了领导的赏识，于是领导带着他接待、宣传，让他负责采购、拟写公文。亮仔成了领导离不开的得力干将。有一次，他忙到夜里12点才写好当天的新闻稿，随即又开始准备第二天的招聘，等到一切忙完，准备上床休息时，他一看都早上7点了，于是又转身去了会场，为即将开启的招聘活动再次对现场进行审查。这样的勤奋负责、踏实肯干，哪有领导不信任的呢。

亮仔很快混得风生水起。据他说，路政人员其实是很辛苦的，夏天高速公路上的地表温度能有50℃，冬天寒风刺骨，满地的冰泥雪水，一旦有事故，路政人员必须第一时间赶到，哪怕是烫手的地、泥泞的路，路政人员也要该站岗的站岗，该救人的救人。有的人被车撞了，不能轻易挪动，为了让伤者能保持意识清醒，路政人员不得不躺到滚烫的地上和伤者聊天。甚至，有的同事刚刚还和他们有说有笑，一同出勤，下一秒刚下车，就被高速驶来的货车撞碎……这样的工作环境，不是谁都能忍受的。同事们最怕的，就是电话铃声突然响起，因为他们不知道下一秒又会发生什么。就是在这样的紧张和高压下，同事们的心理健康才更需要关怀。所以，亮仔在工作中有几个十分亮眼的贡献，其中一个就是凸显人文关怀，让路政人员的价值、付出被社会看到。首先，他开展营地开放日，让更多的人看到路政人员的"备战"情况、配套设施，以及过硬的本领、专业的服务，一洗人们对路政工作人员的误解——就只知道收费。其次，举行"比武"，让人们看到路政人员也是一支专业的"蓝天救援队"，是人民的"生命守护神"。再次，开设图片展，血淋淋的教训、温暖人心的救援画面、震撼人心的生命接力、挥汗如雨的付出……用真实的照片让人们关注路政人员的努力，同时温暖更多的路政人。有的人大受感动，觉得他们是真正的幕后英雄，做出了为路政人员捐款献爱心的举动。这怎能不温暖团队，提升路政人的自豪感呢！

　　当然，像这样的精彩故事还有很多，亮仔与我侃侃而谈，几个小时仍没有尽头。印象中，他当年当班委的时候也没有这么能说啊。由此可见，这么多年来，他的经历确实太丰富了：毕业十五年，在四川的七个城市里历练过。是历练，不是旅游，每个城市他都有工作经历，工作的内容也多不相同：从人事、收费、宣传、到设计、管理……他的经历充分体现了中文系"万金油"

的说法。而我从学生到老师，从中国到外国，一直在校园里，我调侃自己是"纯精油"。我羡慕他的经历，也苦恼我的"单纯"，说白了，我若离了学校真不知道能干吗。亮仔则不同，他早已不是池中物，岂能浅滩困蛟龙。这么说不是刻意夸他，说实话，读大学时我没有发现他的"潜能"，而且他也是农村家庭，毫无背景。但他发展得踏实、顺利：大学毕业后顺利结婚，2013年通过自身的努力还完了房贷，而彼时的我刚刚研究生毕业。我看了他的办公室，简约大气，而我还在和几个老师一人一张办公桌，挤在破旧的房子里。这个不说，就说我的心态，我现在也依然觉得，亮仔那样的办公室不是我能坐的，那是领导的房间，我还是个小兵。也可以这么说，我的年龄似乎可以做领导了，但能力和心态都还没脱离学生时候的样子。

我见过亮仔的一张新闻图片，他一个人稳重地坐在主席台上的一排长桌前，给台下一群人开会，讲解国家政策。我不自觉地把自己放到了台下，感受到了他的威严。这让我不禁想到鲁迅《故乡》里那个震撼的画面：迅哥的玩伴闰土在长大后再次见到迅哥时，脱口而出的就是"老爷"。经过这次采访，我深觉和亮仔的差距不止能力，更重要的是心态。就像他问我，为什么有采访同学的想法，我说我们大学毕业十五年了，人到中年，人生基本定型，所以我想做个回顾。亮仔则说，咱们还没有定型吧。可见他的心态更年轻、积极，还斗志昂扬呢。从他的打拼经历也可以看出，他永不言弃，奋勇前进。举个例子，2020年，他成为单位的纪委副书记，当时他们部门的考核成绩垫底。半年后，他不请客不送礼，真抓实干地赢得了领导的首肯，并带领部门顺利地拿下了第一名，而今又升级加薪。没错，他有理由相信自己离"定型"尚远，前途远大。

我总结了他迄今为止的这段人生经历，能力强，运气棒，千里马遇到了伯乐。他也觉得自己遇到的领导、单位都比较好。和他相比，我少了点运气和伯乐，但从他身上我又看到了运气和伯乐其实都是自己"招致"的，说白了，这些也是实力的一部分。领导为什么信任他，是因为他有别人不具备的踏实、勤奋，他更懂别人的想法，更能赢得他人的青睐。由此可见，你我虽皆平凡，但命运握在自己手中。

亮仔说他比较豁达，不纠结，不在意得失。他相信人能掌握自己的命运，苦难是为幸福生活铺路的。因此，他忘不了大学期间深深影响过他的一本书，《平凡的世界》。他从那些平凡的人身上汲取到了力量。

xiao

小

kong

孔

宝剑锋从磨砺出 梅花香自苦寒来

大学毕业十五年后再次见到小孔，我有点被吓到了，他发福得明显，目测抵得上当年两个小孔了，这也最直观地反映出了他现在的生活水平和质量。现在的小孔在南通一所法院工作，用他的话说就是"考公端得铁饭碗"，8小时工作之外的时间都是自己的。现在他有空常去打球、健身，可见对自己的现状还是很满意的。

大学时读汉语言文学，如今却走上了法律的道路，小孔的这一转变是我待解的谜题。直到采访时才得知，小孔这是兴趣使然。据他说，他高考后被调剂到黄淮学院，在学院给他打电话征求意见时，他首选的就是法律专业，无奈当时的黄淮学院尚无法律本科，所以他只好去读了汉语言文学。入学后的他，人在曹营心在汉，最爱读的书都是法律和美学方面的。他还经常去法律专科蹭课。大四时，他终于通过考研实现了自己的法律梦，跨专业考到了西北政法大学，为师弟师妹们闯出了一条跨专业的考研路，成为我们那一届为数不多的学习标兵。

虽然当年志不在汉语言文学，但小孔读书很卖力。据他说，他曾经横扫图书馆里所有与曾国藩有关的书籍，对此我深信不疑，因为他有这个定力。不过入了法律这行多年后，小孔现在的心又跑到了汉语言文学的旧本营里去了。这次春节他回老家，特意把自己本科期间读的《中国文学史》带在身上。这是由袁行霈主编的大红色的四卷本教材，对我们来说再熟悉不过了，只看一眼就能把我们带回青春激昂又年少无知的年代。他说他现在想回味回味，法律的书太冷，需要文学来温暖。这个我懂，爱怀旧的人是这样的，我到现在也还保留着从小到大的几乎所有课本，不为别的，只为追忆回不去的时光和点点滴滴的思念，为疲倦的成年生活带来一丝慰藉。认认真真地重读文学史，毫无功利地重读文学作品的动因都是太怀旧，太想念当年的老师同学，太想重返大学生活了。2020年都大学毕业十一年了，我还重购了文学史、文学辞典、文学作品选等，有滋有味地读着。

念旧的人都重感情，我和小孔畅聊不歇。不过说实话，我们大学四年没怎么说过话，我还有点怕他。我属于胆小型的，他属于个子小却胆子大的，我们不算一路人，其间没什么交流，哪怕后来他加入我们宿舍也没有。但也是那一段时间的相处，让我看到了他的个人魅力——有想法，能坚守，特立独行，又不在乎别人的眼光。比如他喜欢上一个女生，他敢毫无顾忌地大声喊出来，被拒绝了他也敢于把这些糗事与大家分享。这也是我一再坚持采访他的首要原因。让我感动的是，在我没有提前通知他的情况下，他毫不犹豫地接了我的电话，毕竟在多年未联系的情况下不少同学都选择了挂掉，或者说"在忙"。

小孔一见到我，脱口而出地喊出我在大学时期的称呼"老四"。这一亲切而久违的称呼让我感觉小孔没有变，因为我们宿舍其他兄弟早已不再喊我"老四"而是"老左"，他们差不多忘了我们宿舍的情况，反倒是后来加入且没有排行的小孔还记得这些，这令我感动，也再次证明小孔是念旧的有情有义之人。见面时，他还特意给我看了他的"宝贝"——保存完好的、从农村带到城市的高中学生证，这个细节更加让我断定我俩是那么的"性相近"。他常挂嘴边的一句话是"衣不如新，人不如故"。

小孔也是农村人，他家的大瓦房和我家的差不多，老房子似乎已成为那个时代遮风避雨、吃饱穿暖但又紧巴着过日子的底层的共同记忆。他兄弟三个，也和我一样。更巧的是，他透露在大学期间也在餐馆里端过盘子，每天晚上9点下班赶公交车回宿舍。若不是被生活所迫，谁肯去挣那一口饭。但我们没有平台，我们也想去开个店试试，也想趁课余时间拿到驾照，也想能有人带我们去搞学术、做项目，也想能像偶像剧里的主角一样尽情挥洒青春。但我们要先有钱吃饭。

小孔读大学时，父母在内蒙古工作，寒暑假经常到内蒙古"撒欢"，回来后就给同学们分享在内蒙古的所见所闻，这让一群未走出过平原的寒门学子羡慕不已。我曾一度以为他是内蒙古人，家里有辽阔的草原和骏马肥羊。直到今天我才知道他家是河南商丘的，和周口一样，商丘也不是富裕的地方。在当年，从这样的地方出一个大学生其实相当不容易，人们都知道河南的高考是"地狱"级别的，看了小孔的高考之路，你或许会更直观地体会到这一点。

小孔在2004年第一次参加高考，考了560分，但那年河南的文科二本线是564，一本线达到了恐怖的599分。所以他决定复读，结果辛苦一年后考了530多分，幸运的是2005年的考题难度大，二本线被定在522分。最终，他别无选择地来到了黄淮学院。辛苦两年读了这样一所"大学"，他是心灰意冷的，加之专业上又"心有所属"，大学期间他一学期只上了两节课：第一节课到班里认老师，最后一节课到班里划考试重点。遇到喜欢的课就好好听一下，不感兴趣的就60分万岁。

不管怎么说，小孔是读了大学了，而且是村里的第一个大学生。他清晰地记得去村里办助学贷款时，村领导说这个章必须得盖，这是我们村的骄傲。我们的大学虽不是很好，二本学历让我们都羞于承认自己是大学生，但我们已拼尽全力做到了极致，我们中的很多同学都是我们那个村，甚至多少代家族里的第一个大学生。关于这一点我也有发言权，当年为了庆祝我考上大学，我爸几乎宴请了我们村里所有有头有脸的人，当然，他们送的"茶钱"也成了我大学学费的一部分。因此那时候，在河南能上二本等于是件光宗耀祖的事儿。

考大学已经是20年前的事儿了，这么多年，小孔凭着扎实的努力从农村来到了城市，从被调剂的专业来到了自己喜欢的领域，连学历也刷新到研究生水平，是"农村娃蜕变成城市骨干"的典型代表。他仍记得高中老师跟他们说的，"高中苦一苦，将来开路虎；高中拼一拼，将来开大奔"。这也让我想起我们当年那野蛮拼搏的岁月，校门口、教室里、墙报上，到处都是醒目的励志标语，还记得我们三高大门口就写着这样一联：怕苦累另寻他处，图清闲莫入此门。常言道，宝剑锋从磨砺出，梅花香自苦寒来。小孔做到了。

看着小孔在南通的崭新的居室和定制的书架，我感受很深。有一间自己的书房是我读书以来的心愿。在老家老屋，奶奶留下的一个卖东西的货架被我痛痛快快地装上了书。后来我开始挣钱了，花了三四百块给自己买了个书架桌，和大学宿舍的那个差不多，无不彰显我对大学的怀念和对书香环绕的向往。再到后来我买了房子，有了孩子，但自己的书房一直没有着落，我一直有个想法，那就是在一个小城市买一个不大但属于自己的独立空间作书房，只是不知此梦想何时能够实现。但看着小孔，我觉得他已实现了我的梦想。

2024年新年将至，他给自己买了《人类简史》《一地鸡毛》《苏东坡传》《杀死一只知更鸟》《中国大历史》等足有9斤重的书给自己"压惊"（小孔自言）。最近又看起了弗洛伊德的书，真是岁月如流，不改书生本色；生活纷扰，我自小楼一统。难怪陈平原说，中文系是给人生打底色的。今天的小孔纵然置身法务多年，也不改他的中文本色。

选择大于努力
书生本是侠女

因为某个人而认识了某个字，这种事相信很多人都遇到过。我的一个大学女同学叫龑龑，我就是因为她而认识了"龑"这个生僻字，也由此更深刻地记住了这个人。

龑龑是目前我们班里唯一的博士，这时回看她的名字，原来她早就说了，会"飞龙在天"①的。

龑龑是个风风火火的女子，很多时候我行我素，不太在乎别人的看法，在我眼中她是女中"怪"杰。不过她现在常常自责，觉得当初不应该那样不顾及别人的感受，比如当年她比较懒，常常让舍友帮她带饭。现在她总会反思，变得更成熟了，比如当我抱怨原生家庭的弊端时，她说，人若到30岁以后还在抱怨原生家

---

① 龑，读作 yǎn，有飞龙在天、有我无敌、唯我独尊之意，是五代十国时期南汉皇帝刘龑为自己的名字造的字。

庭的束缚，那说明自己活得并不成功。原生家庭固然有时代的局限性，但自己成长了几十年，又读了那么多书，走了不知比父母多了多少的路，见识到了更大的世界，而智慧、心境却不见长，思想还被原生家庭所束缚，那就是自己的不对了。她的一席话让我醍醐灌顶，也彻底改变了我对她的看法。的确，我拿着比父母更多的知识和见识，来批判父母没有给予我更多的支持、更大的心胸、更厚的脸皮、更强的抗压能力，那确实是我的不是了。

记得2008年5月，彼时北京奥运会的火炬传递活动正在全国如火如荼地开展着。我当时是执行班长，为了用自己的行动迎接家门口的奥运会，同时不给青春留遗憾，我组织了一场骑行，从学校一直骑到北泉寺——那是离母校最近的一处古代建筑，据说是当年颜真卿尽节的地方。当时还没有智能手机，我们从电脑上查好路线，带着地图就出发了。今天，我特意用手机查了一下那段距离：25公里，骑行2小时。我当年的日记记录的是骑行了2.5小时，那是因为当年的路况实在太差了："路上坑坑洼洼，水坑如夜幕中的星星那么多，左上一个，右下一个，像被故意安排了似的……到家后，头发黏糊糊的，大家都不禁吟出了那句诗：满面尘灰烟火色，两鬓苍苍十指黑。"当年组织这场活动时没什么人响应，只有我们宿舍的几个兄弟支持，女生更是闻之色变。最后我们只拉来了几个女生，而龚龚是唯一没有等我们邀请就主动报名的女生，日记上生动地记录了她的风采："路上，胖子扛着国旗一马当先，龚龚是一员女虎将，从始至终都甩我们很远……"如今，已成为大学老师的她看来又把我们远远地甩在后面了。

记得当年考研的时候，我们全班几乎没人敢报985院校，我当时把目标降低，降到湖南大学了也还是不敢报，最终选择了211高校西南大学，而龚龚则直奔重庆大学杀了过去，即便最后被调剂到南通大学，她的勇气还是令我自叹弗如。再到后来，我到国外工作了几年，考博的勇气日渐消减，而龚龚在工作4年后又重上战场，考上了郑州大学的博士，"虎气"不减当年。不过用她的话说，她考博是因为不堪高中老师的苦累。今天她终于从苦累中走出来，现在在郑州一所高校的文化与传播学院任教，一周8节课，2天上完，相比从前好了很多。当时郑州可供选择的高校不少，我问龚龚为什么选择现在的单位，她给出了几个令人信服的理由：一是离家近，下班就能回家，不用另外租房子；二是学校可以解决配偶的工作问题；三是专业对口，学有所用，且无科研压力。可见，即使是我，也无法拒绝这样合适的单位。看来龚龚是很务实的。

在要光环还是要面包上，我宁愿饿着也要选择光环，而龚龚毫不犹豫地选择了面包。她说，你快40岁了，读了博也很难找到好工作，各个高校都有年龄限制，你确定还要去读吗。我说，我是很想读的，明知博士读了可能也没太大用处，但我还是很想头顶博士的光环。说到这里，不得不又提到原生家庭。我爸爸是个很爱面子的人，他始终以几个儿子的成就为荣。我考上了大学，他能宴请整个村的人；我弟弟当了兵，他天天穿着弟弟的军装在村里溜达。我们只要做出了一点点成绩，他也能把我们夸上天。我就是成长在这样一个积极、向上，懂得鼓励、欣赏，却又爱慕虚荣的环境里，自然变得极好面子。龚龚成长在驻马店平舆的一个镇上，爸爸在粮管所上班，妈妈是小学老师，她的父母主张顺其自然，从未给过她什么压力，只要她喜欢，就支持她去做。她们镇子的环境也很不错，一个博士可以给我们村带来"破天荒"的震动，而在她那儿，已经不止她一个博士了，青岛、上海、北京的很多优秀的人都是她曾经的左邻右舍、同学发小，家人和邻里早已司空见惯。我想，环境塑造性格不无道理。

务实的性格让龚龚颇识时务，她也很乐观。2005年她高考考了520多分，她说能有个本科上就很高兴了。虽然当时黄淮学院的设施比较落后，但龚龚还是非常喜欢的，即使现在回想起来，嘴角仍会上扬，笑容难禁。她是我采访的为数不多的、开开心心地来到黄淮的人之一，因为我们百十号人里绝大多数都是调剂来的，要么第一志愿报的是其他高校，要么专业选的不是汉语言文学，在不遂人愿的情况下，大多数同学带着失落和不甘来到黄淮学院，又带着情绪和不满来读汉语言文学。

谈话中，龚龚一直不断地在感谢母校。她说是母校让她充分地相信，知识能改变命运，她就是一个鲜明的例子。对她来说，没有本科学历，她也无法顺利地考研、考博。同时，她也赞同，学习是要有天赋的，而她属于"天赋不够，运气来凑"的幸运儿。我问她大学期间读过什么有印象的书，她笑了，反问"你看我像爱读书的人吗"。然而，这个不爱读书的人却成了我们班学历最高的，好像武侠世界里那个看起来没有正形，但一出手才知道已经练就了绝世神功的侠客。

　　龚龚自嘲不是一个读书的料，大学期间也没好好读过几本书，最感兴趣的也不过是金庸的《天龙八部》。生为文科生，却做着侠女梦，一路兜兜转转读到了博士，这或许都是命运给予她的最好的安排。她也由此得出一个结论：选择大于努力。看来，这真的是拿人生历程换来的至理真言啊。

pang
胖

zi
子

人在曹营心在汉
终于游到河对岸

在我们2005级汉语言文学专业的学生里，云南的同学还是不少的，所以我做了选择。第一个想到的是胖子，但没有先从他开始，因为我想找一个女生，来提高一下女同学这边的声音，遗憾的是想找的这个女生有三个孩子要带，加之她说自己有产后抑郁的情况，不方便与我交谈，我便暂且搁置了这个想法。后来我想到另一位，当年一个长发飘飘的男生，他的模样有点像伍佰、郑伊健和谢霆锋的综合体，总给人一种神秘的感觉。我想揭开他神秘的面纱，想多了解他，无奈他依旧很神秘——加不了他的微信。最后，我只好转向胖子了。

我和胖子虽不是一个宿舍的，平时也没啥来往，但我知道他很乐于助人，因为我对电脑知识一窍不通，但胖子摆弄电脑十分厉害，当我有问题请教他时，他都很愿意帮忙。毕业后，我很想念大家，搜集了大伙的照片，制作了一个名为"相亲相爱"的视频，做好后也是第一时间发给了胖子，我想让他分享给大家，因为他总有更好的办法。

胖子毫不犹豫地接受了我的采访，和他畅聊很欢，这给当下备受困难打击的我带来了温暖和希望。胖子没变，还是胖子，还是那么乐于助人。看他的朋友圈，好像每天都在游山玩水，加上他本是旅游胜地云南丽江人，让我误以为他毕业后回老家从事了旅游业，一聊方知，他现在在做房地产，成了大经理。我的问题也随之而来了，是当年的计算机特长帮了他的忙，还是在中文系锻炼出来的写作能力让他来到了管理层。且听他娓娓道来。

胖子坐在自己的办公室里，喝着茶，陪我闲聊了几个小时，看起来很自由，自己的时间已经可以自己做主了。在采访的过程中，不时有人进来给他送文件，我还挺不好意思打扰他的。令人开心的是，他知无不言，言无不尽，兴致很高。可以说，对他的采访是我进展得最顺利的一次，这依旧要归功于他乐于助人的性格。

2009年大学毕业之后，虽然有教师证，但胖子却没考虑当老师。因为他父母都是小学老师，他对老师这个岗位已经麻木了，自然就没想过要去当老师。虽然当时他老家的四中在扩招，他是可以轻松进入高中当语文老师的，但考虑到自己对语文毫无兴趣，就别误人子弟了。胖子后来去了一家杂志社实习，再后来又到一家广告公司做文案。我想，在那里是可以发挥他的中文和计算机特长的。他对工作内容的讲解也让我开了眼界，他说公司的工作主要有文案、设计等。设计由计算机专业的人做，文案写作则落到了他的肩上。在他看来，这份工作总受到很多限制，做乙方让他浑身难受。而且每到年底，他受命编辑拜年短信，当时的手机短信一条只能发70个字，而在这短短的文段里，他需根据领导的指示，既要把短信写得高端大气、文采飞扬，又要融入企业精神，最后还得不留痕迹地加一点广告，实在是相当费脑筋。最累人的是，他要写七八个版本，最后老板定夺："还是第一个好！"这种令人沮丧的事实在令他难受。如此折磨一个中文系的计算机高手，他是受不了的。

其实，进入中文系不是胖子最初的选择，不过那时他对专业也没什么概念。高考他考了481分，刚超云南的二本线一分。由于是少数民族壮族人，他报了中央民族大学，结果落榜，后来他通过补录来到了黄淮学院。那时也不想复读了，觉得接到的好歹是个本科的通知书，于是就千里迢迢从云南来到了河南。来到这穷乡僻壤的驻马店的第一天，他并不觉得失落，因为他早就做了心理准备。当年，他的一个高中同学考上了包头师范学院，他俩一起一路北上，先到了驻马店的黄淮学院，然后胖子从驻马店出发，送同学到了包头。因为看过了当时包头师范学院的模样，再回到黄淮学院发现，这里好歹还有树，心里一下就平衡了。就这样，命运推着他来到了这里，读了汉语言文学，很多课他都不感兴趣，挂科补考也是常有的事儿。我问他，大学期间有没有读过印象深刻的书，他说自己只去玩了；有没有印象深刻的老师，他说有一个名字记得挺清楚："海伟池老师，她的名字很好记。海者，伟池也。但她上的什么课我已经忘了。"

在我的印象中，胖子就是个误入我们中文系的计算机专业的学生。

后来的他终于不用和自己的专业打交道了，远离了文字，还顺利地做到了甲方，如愿以偿地变成了给乙方文案挑毛病的人。当初的胖子也想过成为甲方之后，把以前做乙方时受的苦让自己的乙方尝个遍。但人和人不一样，乐于助人的胖子做了甲方，也做成了一个与人为善的甲方，他轻易不找乙方的麻烦，也觉得这很无聊、没有必要。这让我想起一个词：心宽体"胖"。体胖的人也自然心宽。

胖子顺利地游到了河对岸，从在不喜欢的专业中挣扎，到靠奋斗和改变获得了自己喜欢的工作，这其中的苦恼和辛苦，我想每个人都能想象得到。看到胖子的美好现状，我问他，你的梦想实现了吗。他谦虚地说："普通人哪有什么梦想。"随后他又补充了一句："只求钱多事少。"胖子似乎说出了我们很多普通人的"普通"梦想，但我想他已经实现了。

a

阿

yi

毅

人生起伏路
我自毅然行

　　我的本科母校黄淮学院位于河南驻马店，当年这里相对落后，所以从外省来读书的同学比较少。不过，还是有来自江西、云南、四川、广东、甘肃等地的、向往"诗和远方"者不辞劳苦千里来"支援"的。我想，我的采访必须尽量兼顾这些省份的兄弟姐妹。

　　在采访广东同学的过程当中，有失落也有惊喜。

　　当年我们班来了三个广东同学，有一个被分到我们宿舍，当时我十分开心，很想跟他学粤语，让自己听懂粤语歌。但没想到的是，在他环视过学校之后颇感失望，毅然决然地回去复读了。当时，这件事给我的震撼是广东人真有钱，交了几千块的学费就为"到此一游"。另一个广东同学是女生，她现在在小学工作，因为比较忙，所以我的短信一直没有回。当年我俩的关系特别好，所以这样的尴尬让我备感受挫。最后我不得已找到了最后一个广东同学阿毅，让他作为广东同学的代表。之所以说"不得已"，是因为他在入学后转到了外语系，只是宿舍还在中文系，和我们常常打成一片。情况比较特殊，毕竟不是同一专业的同学。不过反过来一想，他的特殊情况也很具有代表性，或许也更有意义。也就是这一想法的转变，让我遇到了一个真正喜欢被采访的人。他鼓励了我，说采访很有意义，过程也很开心，更为能有机会被写到书里感到幸运。在和其他同学提出若干采访请求备受冷落之后，我遇到了这位温暖的老同学，这让我很开心，只是当时我的书能不能完整写出来还是个未知数，但正因为有像他一样的同学给我打了强心剂，我才能更加用心地对待这部作品，努力让它顺利完成。

于是，我俩的谈话就从转专业开始了。那一年，当我看到自己被调剂到最不想去的汉语言文学专业时，我就给学校打电话要求转专业了，因为我不想以后当语文老师。学校说等我报到之后再说。于是，我在入学之后就缠着中文系的老师给我转专业，尤其是得知阿毅已成功转到外语系之后，我在中文系再也坐不住了，甚至都跑到建工系旁听了。然而，系里一直没给我转。四年后，我考上了研究生，系领导这时问我，当初没有给我转专业是不是对的。同样是转专业，为什么我没有成功，当年我没有问出原因，这也由此成了我的未解之谜。直到这次与阿毅聊天，我才知道了真相。

阿毅说，他当年考了604分，但是因为志愿没报好，才被补录到了黄淮学院，这在黄淮学院校史上应该是空前绝后的高分了，当时学校和他说，只要他能来，什么专业都给他读。而我当年只考了529分，自然没有"叫板"的实力。入学后，阿毅又遇到一个外语系的师姐，这个师姐手把手地教他怎么申请转专业。于是阿毅情真意切地写了满满两页A4纸的理由，顺利地打动了各方领导。当然，我想更主要的原因还是他的分数让外语系的领导认可了他。而且，外语系的同学也十分欢迎他，毕竟在我们那样的小学校，外省同学都是"宝贝"，尤其是广东人，更是大家眼中的"稀世珍宝"。

阿毅转去外语系读书了，但彼时的宿舍分配早已结束，所以他就住在了我们中文系。记得当年他喜欢从食堂打一碗肉端回宿舍吃，宿舍的同学惊叹道："你怎么天天吃肉啊！"因为有的同学可能一个月才舍得给自己来一大碗肉。当年我们学校有两个食堂，一个是红瓦房，一个是灰楼房，整个大一我都没敢去灰楼房吃饭，就因为我看那是楼房，怕那儿的饭菜贵，直到大二我才知道原来两个餐厅的饭菜价格是一样的。

我们聊到了生活习惯。南方人到我们这儿读书，洗澡是个大问题。我们的宿舍没有浴室，要洗澡只能花钱去公共浴室。夏天，我们可以在厕所旁的水房随便洗洗，可是冬天怎么办？我选择能省则省，但阿毅则坚持常去公共浴室洗澡。由此可见，阿毅在我们眼里定是富家子弟。

数码相机他也有，当年可是稀罕玩意儿，只要有活动大家都找他借。至于谈恋爱，阿毅不仅谈了，而且在大一就谈了，分手后大二又谈了一个。这是让我们这些单身汉多么羡慕的事儿。

如今，阿毅都是一个12岁女儿的父亲了，过着幸福的生活。我因为一直遗憾大学的时候没有谈恋爱，所以常常自我调侃，大学若谈了恋爱估计长篇小说都写出来了。阿毅的恋爱故事很有戏剧性，颇有点儿言情小说的意味。他的初恋只维持了一个月左右，两人的相识很有意思。当年这位初恋对象最开始喜欢阿毅的老乡，遗憾的是老乡已经有女朋友了，阿毅就去安慰这个女孩，后来一来二去地，女孩发现阿毅人很不错，两人就这样牵手了。剧情陡起的是，半路杀出一个"程咬金"，有个男生早就喜欢上这个女孩，而且不能自拔，于是找阿毅来"决斗"。两人各拉了一路人马竟真跑到校园后面打了起来。而当女孩知道阿毅为爱决斗后对他更是心疼喜爱。不过初恋总是来也匆匆，去也匆匆，跑到广西阳朔打工的阿毅因为话费紧张，一个暑假都没和对方联系，两人便分手了。阿毅谈的最久的一段恋爱是和一个河南焦作的女孩。戏剧的是，这个焦作女孩恰是被阿毅在阳朔打工的故事吸引住的。毕业后的阿毅和女友各归各家，距离也让这段爱情无疾而终了。

这里就不得不提一下阿毅青春里的关键一环——"阳朔之旅"了。大一时，外教对他们说，学英语应该去阳朔，那里有很多外国人，可以锻炼口语。于是到了暑假，揣着仅有的500块钱，阿毅便和同学一起南下阳朔了。到了阳朔，首先面临的是生存的问题，要先找工作挣钱吃饭，可又没有什么店愿意招暑假工。于是，他们想了一个主意，谎称自己是高中毕业生，没考上大学，准备长干。有个店老板看二人"可靠"，便叫他们来打理店铺了。工作也不忙，白天遛狗、闲逛，晚上打工、干活，那一个多月他们既练习了英语，又游遍了漓江，真可谓一举两得。一晃开学的时间到了，他们对老板说，"又突然接到大学录取通知书了"。老板一听很高兴，觉得自家店铺实乃福地，一下子熏出两个大学生来，便高高兴兴地送他们回程了。

说说阿毅毕业后的事。当年在学姐的介绍下，阿毅来到深圳的一个小企业，但觉池子太浅，前途无"亮"，便着手找下家了。碰巧阿毅的高中同学在惠州给他发来消息：惠州的一家宝马4S店招翻译。正好专业对口，于是阿毅重练起了口语。好在英语不错，很顺利地就通过了由外国人主导的面试。

刚来4S店做翻译时，老板问他的薪资要求是多少，阿毅说2 500。现在阿毅回想起来觉得当时老板肯定在偷着乐，因为捡了一个大便宜，阿毅也后悔说低了。今天我们分析这件事背后的原因：我们是在小地方读的大学，当地的工资普遍不高，所以当下的眼界限制了胆识，导致自我评价过低。由此看来，大学的环境很重要，所选的城市也很重要。

阿毅在4S店一干就是8年，职务上去了，工资也涨了，后来又买房、结婚。阿毅干遍了公司内几乎所有的岗位，后来做到了市场总监，成为老板的左膀右臂，就在这时，阿毅决定去挑战新的生活。于是在2017年，他拉了几个合伙人投资300万元，在一家商场开了个儿童乐园，新工作很顺利，也很快就获得了收益。

他用赚来的钱继续拓展，先后在深圳、珠海、惠州、广州、江门等地开设了乐园的分园。但让人无法预料的是，就在一路高歌猛进的时候疫情来了，客源大量流失，乐园的工作干干、停停。虽然商场响应国家号召给乐园免了一个月的租金，但一两千平方米的场地一关半年，任谁也扛不住，严重的时候每个月光租金都要赔上20万，不可控事件彻底把折腾许久的有志青年打趴了。不过，雾霾终有消散日，守得云开见月明。阿毅又重新折腾起来——在广州开起了餐饮店。真是"卷土重来未可知"啊。

这么能折腾的阿毅让我不禁好奇他的成长环境。阿毅出生在广东河源的普通农村家庭，父母在家务农，家里兄弟姐妹四人。和我们那一代的很多普通大学生一样，他也是村里的第一个本科生，当时父亲想为他办个升学宴，但考虑到是复读一年后才读上这样一所大学的，也就打消了这个念头。阿毅第一年高考上了三本，被北京理工大学珠海学院的软件工程专业——一个现在看来是"金饭碗"的专业——录取，但15 000元的学费让他最终回校复读了，阿毅并不是我们误以为的富家公子哥，他知道家里的条件如何，不想让父母为难。第二年高考也上了本科线，他的第一志愿是广东外语外贸大学，但分数不够；第二志愿是汕头大学，但没服从调剂；第三志愿是广东商学院①，差1分。因为报考不利，

---

① 即现在的广东财经大学。广东财经大学始建于1983年，原名广东财经学院，1985年更名为广东商学院，2013年更名为广东财经大学。

导致他陷入分数不低但无校可上的尴尬处境，幸运的是，他遇上黄淮学院补招，以史无前例的高分让黄淮学院捡到了宝，入校时名列中文系第一位。时也、命也、运也，或许这一切都被安排好了，不然我们也没有如此缘分成为同学。

经商的聪慧和爱折腾的秉性，让阿毅在经历疫情的洗礼后依然能够稳中求进。作为老同学，我相信他还会有乘风破浪、再铸辉煌的时刻。

lao

老

gou

苟

明白路该怎么走
可惜青春已没有

　　这次是一位姓氏特殊的同学——老苟的故事。他那风花雪月的浪漫往事和开朗友善的性格让我这个老同学至今难忘。

　　老苟大学期间有过两段恋爱经历，女朋友都很漂亮。他的初恋始于大一，那时候同学们才刚认识，他便先一步去追我们班上的一个漂亮姑娘了。不到一个月，那姑娘的前男友便从外地杀了过来，这两人有没有一决雌雄，往事如烟，都已不记得了。后来，老苟很快又牵手了护理系的美女。由于我俩当时分属不同的宿舍，我对这段恋爱不甚了解，加上老苟又比较保护女生隐私，所以这一段也就不过多介绍了。

　　既然知之甚少，为什么还要首提老苟的恋情呢？那是因为我想让大家对我们那一代一部分大学生的大学生活有个比较直观的认识。简单来说就是，学风不好，恋爱成风。我没有批评大学生恋爱不好的意思，我的态度甚至是支持的、羡慕的，只是想客观地描述一下我们读大学的情况：高考之后彻底放飞了自己，没有努力的方向；没有人指导大学该怎么度过、该怎么学习；每个人都很迷茫又忙碌，一会儿参加社会活动，一会儿跳舞，一会儿去图书馆，一会儿去聚会，一会又都跟风似的谈起了恋爱，似乎一个人去吃饭都有些丢人，好像没个对象陪着，连个节日都过不下去了似的。

老苟回忆起大学生活也是愤愤不平的："晕蛋"①（老苟自言）"啥也没学会""白混四年"。现在人家一听说他是中文系毕业的，便夸道："中文系有才，能说会道，文采飞扬。"老苟则有点心虚，他说在真正好的大学，像985院校的中文系里，是能学到很多东西的。人们眼中的中文系上概天文，下括地理，通古知今，吟诗作赋，能文能武，风骚无限。然而我读过几页书我自己知道，我连《家春秋》的作者都不知道是谁。

当然，不知道或遗忘了某个知识点也很正常，但总的来看，如果985院校的中文系是及格分60分，那我们也就三四十分的水平。记得在大学时的一堂课上，有个老师慷慨激昂地对我们说，就知识而言，我们所学的和在名牌大学所学的没什么区别，他们学校的学生用也是这套教材，就算清华北大的教授来讲，也是如此。不管是为了鼓励我们，还是认可他自己，话虽如此说，却无法让当时的我们信服。但是现在我懂了，就像易中天先生所言，

①　意为什么都不懂，稀里糊涂地做事。

"学生不是教出来的，是'熏'出来的"。蓬生麻中，不扶自直。环境真的太重要了。尤其在普通学生的智力水平没有太大差别的条件下，有人指导、督促、示范，效果立马就不一样了。

老苟大三时也跟风考过研，但失败了。大四实习时，他到一家装饰公司卖板材，当了一年多的部门经理。后来被父母叫回老家参加教师招聘考试，并顺利入职了当地的一所农村小学。从城市重返农村，习惯在高楼大厦之间生活的老苟，突然回到低矮瓦房的环境肯定有失落和不甘，但他不知道自己还能去哪儿。那所小学我去过，和全国大多数农村小学一样破败，落后，没有多少职工。然而，老苟凭着自己的能力和努力，在四年后当上了校长。当村小的校长要操很多心，工作辛苦，虽然在村里是备受尊敬的，但他个人的生活质量没有多大提升。加之校长的工作常听命于教育局，工作让他觉得越来越没了乐趣。老苟成了一个只对上负责的打杂人。

于是，老苟更新了赛道，向组织部靠拢，做了一段时间的扶贫工作。也正是这一段从政的岁月让他认清了社会和自己的路——没有背景当什么官，只能是人家攀登的背景。于是，他又回到了学校奋斗。后来官升一级，老苟来到了教育局下面负责管理。我问他，如果一切顺利，能不能坐到教育局局长的位子。他说不能，自己已经过了升迁的年龄，并没有在那个升迁系统内，当然这跟能力无关，主要是缺少背景和人脉。总的来说，当初没人指路，不知道该怎么走，直到试过之后，知道了该走哪条路，然年龄已过岗了。

这种悲剧或困局经常上演。当年快大学毕业时，大家对于该何去何从其实都很迷茫。有的人考研了，但也是摸着石头过河，没人指导，学校也是后来才积累了经验并重视起来，每年还组织考研辅导；有的人考公了，但大多数其实是不知道考公是干啥的，只大概知道考公可以到基层，当官，但当时的学生们都看不上考公，也没有意识到这条路的前途如何。当时我们的同学中只有一个顺利考上公务员并留在广东从政的，因为家里人给予了很好的指导，他们清楚这条路该怎么走，而我们当中的大多数人，哪怕有这个同学在前面打了样，也依然不清楚该怎么做，从哪里开始做。就这样，大家毕了业，如出笼的小鸡一哄而散，在迷茫和不知所向中慢慢被社会无情地碾压。如今回望，依然可怜。

老苟家在南阳，2012年，我去那儿参加了老苟的婚礼，还游历了他们那儿"辉煌壮丽，天下第一"的社旗山陕会馆，深受震撼，十分喜欢。老苟的家境比我的好一点儿，但一般农村家庭的条件都不算好，当年读大学时他连学费都凑不齐。报考大学时，他第一志愿报了石河子大学，第二志愿听从老师的建议报了黄淮学院，因为老师说，根据以往经验这个学校一般招不满。至于专业，他也是毫无头绪地"晕整"（老苟自言，乱弄的意思）。于是，最后他顺利地来到了驻马店。老苟有一点比我幸运，在报志愿时有老师指导。我就没那么走运了，我的高中班主任是第一次带毕业班，他也不懂怎么报，填志愿时我们都找不到他人。

我们就这样一路无人懂地来到大学，又遇到也不怎么懂如何教大学的老师，处处"栽坑"地走到中年。

回望大学生活，老苟说："我们在真正该学习的阶段没有好好学习，高中时就知道傻读书，大学时其实该为练就一手谋生的本领而继续刻苦奋斗的，却放飞了自我。以至于到了社会啥也不会，还要回炉再造。"从这方面来说，网上盛传的"中文系的废物"一说看起来确实有些道理。我和老苟也不讳言自己是"肩不能扛，手不能提的一无是处的废物"。但反观过去的经历，再看看我们的现状，如我们一样的所谓"废物"在这社会上有很多，有鸿鹄之志却认清现实，能吃苦耐劳却无力升迁，在人精面前被围追堵截，在精英身旁又自卑自弃。他们努力地做着社会的螺丝钉，既是"废物"，也是社会洪流中的大多数和必需品。

妄自菲薄不对。我们且抛开废物论，继续去闯吧。

聊到这里，我回忆起一件往事。2012年，我来到老苟任教的村小，不仅看到了简陋的教学环境，也看到乐观的老苟和快乐的孩子们，这一幕让我很受感动。后来在他的办公室里，我看到了一本书，内容涉及很多朴学相关的知识，比如文字、音韵、训诂等。我知道现在的小学用不到这些，老苟看我对此书爱不释手，便说喜欢就拿去，爱书如命的我当然乐得从事。其实，当时我有个想法，就是用这本书来纪念我的南阳之行，将来如果自己更有本事了，要为这所小学捐书。

2023年，虽然老苟已经转任，但我的想法没变，我会和他一样，继续努力闯，有朝一日为这样的村小贡献自己的一分力量。

wei

魏

gong

公

zi

子

坐上火车去拉萨
一切顺利又潇洒

魏公子，是我们班上的"低调的传奇"。

他人很帅，但很低调，以至于大学期间我一直没有留意过他的帅。直到毕业六年后，在一次回母校的重聚上，我们和几个女生在操场上闲聊，才从她们口中得知，原来当年她们有个帅哥排行榜，魏公子稳入前三。

今日重见，果然名不虚传。毕业十五年了，他竟一点都没变，青藏高原的紫外线也没影响到他的帅气，精气神甚至好于大学时。特别是那漂亮的双眼皮，是大学时我没注意到的。

魏公子说，他大学期间没有一门心思读书，也没做好人生规划，后来凭兴趣跨专业考上了西北师范大学历史学的研究生。我的大学日记里有这么一段记录："前天见魏公子抱着历史学的书，一问才知，他听说我报历史学，他也决定报。"

研究生毕业后，他去了遥远的西藏，入职了西藏日报社。他

是我们同学中，走得最远的之一。只要一谈到同学的发展，大家
必定会提到他。在大家眼里，西藏就是天边，是自由、勇敢、神
秘、浪漫，因此跟西藏挂钩的他也成了"传奇"。可魏公子平时比
较低调，用他的话说就是群没少加，但在哪儿都不"冒泡"，却总
被大家提起。所以真应了那句话：哥已不在江湖，但江湖却有哥
的传说。

因为魏公子很低调，加之大学期间我俩也没过多的来往，所
以对于采访他，我本没抱多大希望。然而打给魏公子的视频电话
却立刻被接了，电话那头熟悉的笑容温暖了我的心。视频时，他
给我看了西藏的街景和其他省市无二的大街，让我觉得遥远而神
秘的西藏突然亲近了许多。

在常人眼里，西藏高寒缺氧，条件艰苦。当初是抱着什么样
的心态入藏的呢？我追问魏公子。他说当时没想什么，只觉得，
别人能在那儿工作生活，他也能。

魏公子详细地给我分享了他的入藏经历，满是温暖。

临近研究生毕业时，他在宿舍准备简历。宿舍兄弟告诉他今
天西藏日报社来学校招人了，于是他通过舍友分享的邮箱给报社
发出了匆忙准备好的简历。第二天，他接到电话，经过简短的交
流后成功被聘用。这份工作还为他提供了编制。于是，2012年刚
研究生毕业的魏公子回老家稍做休整，便坐上了去拉萨的火车。

初来乍到，除了勉强可以适应的高原反应，其他方面让魏公
子感觉都很好，甚至有点儿超出所望。虽然报到时已是7月中下

旬，但单位给他发足了7月的工资，还为他报销了路费，给他准备了住所，发放了用来购买生活用品的补贴。转眼到了8月，月初他又收到了8月的工资和过节费。据了解，当地都是月初发当月工资，在八项规定①前每个节日会增发1 000元过节费。一年后，在上海入职的我第一个月才拿了500块钱，而且平时如果迟到或请假还会被扣钱，上海的房租更是压得人喘不过气来。相比之下，魏公子的待遇着实令我羡慕。

魏公子回忆说，报社的工作氛围很好。领导与同事对他们这些新员工都非常照顾。社领导在查看住宿条件时担心员工冬天太冷，立刻安排后勤部门给他们准备了取暖设备；还因为担心员工无处打发空闲时间，又配了电视机。刚开始，新人们的工作压力不大，每天主要的任务是阅览报纸，熟悉环境。在随后的岁月里，他游览了西藏的山山水水，熟悉了当地的风土人情，交了许许多多的朋友，也写了很多稿子。在拓宽了眼界的同时顺利完成了工作任务。由此，我开玩笑说，都怪魏公子没有在同学群里分享他的工作生活，不然大家岂不挤破头往西藏赶了。

然而，如此让他人艳羡的工作，最后也被魏公子放弃了。这或许多少和魏公子随遇而安、无欲无求的性格相关。记得大学时大家都争着入党，我也在看完教育片后趁热打铁写下了发自肺腑

---

① 即中央八项规定精神在西藏自治区的具体落实和执行。中央八项规定是中国共产党中央委员会政治局在2012年12月4日通过的关于改进工作作风、密切联系群众的八项规定。

的入党申请书，但竞争激烈，我没入选。魏公子"看破红尘"，不争不抢，他说前面还有班干部、优秀学生呢，觉得怎么都不会轮到自己。

我问他，读大学时大家多对母校不满，你怎么看。他说有个学校读就不错了，他也没想太多。我又问，你为什么报黄淮学院，当你知道要去驻马店读大学时是怎么想的。他说，是高中老师推荐他报考黄淮学院的，说读本科，这个能保底，他也就没多想。巧合的是，他们班居然有三个人报了黄淮学院的中文系。如果是我，知道有这种事，为保险起见肯定会避开竞争，换个学校报考。但魏公子没有想这么多。而且神奇的是，他们三人居然一起被黄淮学院的汉语言文学专业录取了，且都成了我的同学，这是后话了。由此可见，魏公子确实不是想太多的人。

在报社工作了五年，从助理记者、初级记者到中级记者，魏公子的职称越来越高，待遇越来越好，最后却毫不犹豫地跳槽到了银行。前期的积累归零，一切又从基础做起了。我是没有勇气像他这样去"挑战"的，因为我也遇到过类似的情况：明知道自己在上海再怎么努力也买不了房子，于是想换个城市，当时我在上海已经是讲师了，我问南京大学，到贵校是否还能保留我讲师的职称，得到的答复是我需要从助教做起。于是我掐灭了要跳槽的心。所以，我无比佩服魏公子的勇气。当然，魏公子说这次跳槽他还是有一点儿自己的想法的。因为当时国家给了他所应聘的这家银行特殊政策，即可以到所有援藏省市设立分支机构，他也想搭着东风在合适的时间离开西藏。无奈几年过去了，这件事进展得十分缓慢。时间久了，他也就顺其自然地继续留在了西藏。

对待工作，魏公子看得很开。他总说，"有之，吾幸；无之，我命"，天不生无用之人，地不长无名之草，一切顺其自然，在能力范围内轻松地生活就好。办公室的工作琐碎繁杂，他只要求别因为自己的原因影响单位工作的推进就行。说话间，他随手从办公桌上给我拿起几本平时看的书，《历史是个什么玩意儿》《明朝那些事儿》和一些中医养生的书籍。他说这些跟工作没啥关系，纯属兴趣爱好，但花费的个人时间却不少。

我又问魏公子，专业的东西是不是丢了。他说他研究生学的是古代史，基本也是跟着兴趣看故事。在收到研究生录取通知书时，虽然很多人都来恭喜他，考上研的同学还在毕业晚会上接受了校方的表彰，但他说，自己其实还没做好去读研的准备。此前，他已经在一家国企找到了一份工作，本科毕业前夕，单位还电话联系他确定报到时间。但是刚刚发生的"三鹿奶粉事件"①影响颇深，他的家人也有了"进入企业也不会稳定"的想法。于是他最终收拾行李，去兰州读研了。研究生三年，他却在外面"混"了两年，跑到一个专科院校兼职当老师去了，还被学校和学生评为

① 三鹿奶粉事件为2008年发生的一起重大食品安全事件。事件起因为许多食用三鹿集团生产的奶粉的婴儿被发现患有肾结石，随后在其奶粉中发现三聚氰胺。三聚氰胺是非食品化工原料，按照国家规定，严禁用作食品添加物，但不法分子为了增加原料奶或奶粉的蛋白含量而人为加入。

了"优秀教师"。

当初魏公子选择汉语言文学是奔着"好毕业"来的。高中时他喜欢读金庸、琼瑶，曾用不多的生活费换了半箱子当时我们眼中的"无用之书"。他各科成绩其实都不错，只有英语成绩惨不忍睹。为此，他复读了一年才上了本科。说到这儿，我不得不吐槽一句，英语扼杀了多少偏才奇才啊！我也曾被英语消耗了大量的时间和精力，而我明明可以依靠这些将我擅长的领域发展得更好。想想实在可悲，不知道有多少人才也被这样"浪费"了。不过总的来说，魏公子和大多数同学一样，能考上本科已是佼佼者了。他家在河南鹤壁的一个农村，高中上的是县非重点高中。在他的记忆里，第一年参加高考时，整个年级都倒在本科院校这道大门前，全军覆没。第二年，整个文科复读班里也就考上了他们三个。

如今回望，魏公子依旧活成了我向往的样子：高中苦读，成功地考上大学，后顺利地读了研，研究生毕业时仅投了一份简历就找到了工作，三个月后认识了在银行上班的女孩，一年不到就和对方结婚了，然后成为两个娃的父亲。怎一个"顺"字了得。他却笑言，在他老婆眼里，他是啥啥都行，无欲无求的"庸人"一个。如今他们在拉萨就业，在成都买房——成都有"拉萨人的后花园"的诨名。工作在如画如诗的高原胜地，每年有近两个月的假期可以到各地耍起，岂不快哉！

远看是前行，近看是归乡。虽地域辽阔，却拥揽着生活最纯真的底色。魏公子说，最惬意的事儿，是在这高原布满繁星的夜晚，闭目遐思。大千世界、芸芸众生，天马行空地从心底掠过。他为这"跳出三界外，不在五行中"的感觉着迷。

shan

闪

guang

光

既是开拓者又是垫脚石

这次的主角叫闪光。闪光，一个闪闪发光的名字。

我真名叫富强，他叫闪光，都是听起来很"土"又极具时代特色的名字。如今我们都已是奔四的人了。闪光生于1985年，到2025年，我们大学入学二十周年时就要整40岁了，真的很可怕。我们的内心还是孩童，但眨眼已人到中年。更可怕的是，2025年就是今年。

闪光和我一样是农村孩子，他家在开封兰考，一个过去因贫困而闻名的地方。我曾在2017年到过兰考，不过那时的兰考已平畴沃野、泡桐木深。然而我知道80后的苦——新三年，旧三年，缝缝补补又三年。更何况闪光兄妹七人，衣食尚难，何暇读书。我记得读大学前，我妈妈给我买了一件秋衣，那是考上大学的奖励，也是为了庆祝我成功有大学可读。我也有哥哥弟弟，他们都比我更早辍学，工作的时间也更早，我常常拾他们的旧衣服穿。

我不止一次地跟别人说，读大学时穿的衣服除了内裤是自己的，其余上上下下都是拾的。我为此而感到骄傲，但心里也有一些苦楚。我想，闪光的成长经历我是可以感同身受的。

读大学时，我和闪光都到校食堂打过工，闪光说在那儿可以免费吃饱饭。我在大二的日记中也曾给自己打气要"干下去"：自己买饭没营养，在那儿多少可以天天见荤，顿顿吃饱，不让自己"早生白发"。闪光还骑自行车推销过啤酒，我在宿舍卖过文具等小物件。从那样的家庭出来又能考上大学，还能读完大学，这对我们来说已经很不容易了。还有很多农村里的同龄孩子连这样的机会都没有。

闪光当年高考考了522分，他清晰地记着这个分数，因为那年河南的文科二本线恰好是522分。第一志愿他想冲一下河南科技大学，但差了几分，所以就来到了黄淮学院。闪光本来想学法律，但黄淮学院并没有这个专业，后来也就被调剂到汉语言文学了。在他的人生规划里，是没有当语文老师这一选项的。他想经商。后来他试着考对外汉语教学专业[①]的研究生，但没有成功。再后来，也就彻底与本专业分道扬镳了。

还未毕业时，他就入职了驻马店市区的一家大型超市作为储备干部，干了差不多一年。后来为了爱情，他毅然南下深圳，凭

---

① 2012年，中华人民共和国教育部颁布的《普通高等学校本科专业目录和专业介绍（2012年）》中，对外汉语专业更名为汉语国际教育。

着自己刚刚积累的一点儿经验去大润发超市应聘。彼时的他工资只有1500元，交完房租就剩不了多少了，幸好在去深圳前他有些存款，不然在深圳生存还是很难的。深圳是年轻人的爱情天堂，也是年轻人的生存地狱。2005年高考之后，我第一次出远门就是去深圳，去找正在那里打工的哥哥。在那儿，我曾见识到年轻人逼仄的生活环境和不着边际的梦想。七年后，闪光的初恋结束了，他也离开了深圳。现在回顾那段青春岁月，闪光说，"年轻时，爱情左右了我的选择"。我说，谁的青春不迷茫，谁又不为爱疯狂呢。

2012年9月，闪光回到了郑州的大润发，没想到，在这儿一干就近十年。在这里，他收获了很多，也凭自己的力量在郑州买了房，结了婚，安了家。这十年是风口，也是机遇，趁房价未起时闪光早早地把房子买好，后来还有了车。他是我们这一代农村孩子中少有的不背负房贷车贷的人。

能在郑州买房对于我们这一代大学生而言已经实现了跨越，起码把脚伸进了城里，在那儿成功地立了足，顺理成章地告别了农村的生活和田间劳动，甚至对于整个家族来说也不失为一次飞跃。可以这么说，在"进城"这一块，我们这一代大学生中，不少都是开拓者，是"闯王"。

当然，是开拓者，也是垫脚石，我们的努力和当年父母的努力一样，都是为了给下一代更好的生活。当年祖祖辈辈没能完成的"闯"到城里的梦想，被我们实现了，并完成了"历史性的跨越"。虽然这一步小得不值一提，而且是顺着国家跨越式大发展的趋势而为的。但若跨越时代，让将来的儿孙辈来回顾我们这一步，或许真的称得上是革命的、伟大的。

闪光是个女儿奴，我经常见他在朋友圈里晒他的"小棉袄"，幸福四溢。作为垫脚石的代价是，闪光的头已闪闪发光，发量锐减了。我们这一代人的的确确已活到了小时候眼中的大人年纪，只是不知道有没有活成自己想要的样子。

闪光说，现在的生活并没达到他的预期。他小时候的梦想是到东北、内蒙古生活，可没想到第一步就南下深圳了，现实与梦想南辕北辙。不过很快，他跟现实和解了，他觉得人最重要的是改变自己，因为环境是改变不了的。我们都是小人物，小人物想得多，那就是折磨自己。生活其实可以一笑而过。

闪光还说，他上大学时最难忘的事儿就是踢足球，放飞自我，很是快意。如今生活中的闪光亦如此，他像追风少年，一路火花带闪电地向前奔跑着，种种烦恼都已被他甩掉，甚至是曾经的美好。他说，毕业太久了，以前的种种在脑子里只会一闪而过，储藏在某个角落里，但也会不知道什么时候跑出来，让自己沉醉一下。

我还清晰地记着一件往事。2017年10月，我回郑州看了一场演唱会，主办方就是十二年前我刚入大学时引得全校躁动、给我的青春留下美好记忆的萤火虫乐队。为追忆大学的青春时光，我特意邀请了闪光。晚上听完演唱会后，闪光骑着他的电动车载着我去了他的新房子。整整两个小时，我们几乎穿越了半个郑州。

我俩穿行在即将入眠的安静城市，夜风冷冷，但少年不知疲倦。闪光把我安顿好之后，他又赶回自己的住地去陪家人了。那一夜，被闪光形容为最青春、最是无忧无虑时。

曾经，"少年不识愁滋味"；而今，"业未就，身躯倦，鬓已秋""欲买桂花同载酒，终不似，少年游"。

da

大

tao

涛

出身农村 立足深圳

　　本书原计划写我的大学同学，后来为了扩大样本的范围，使其更具代表性，于是我想起了大涛。

　　大涛是我的高中同学，他本科是在信阳师范学院[①]读的，因此从这个角度上看，他也是我的"二本同学"。相识二十多年后，我开始了解他的人生历程。

　　2002年，我和大涛就读了我们县的第四高中。2003年高二文理分科时，我们因被分进了高二·八班后相识。到2006年我哥哥结婚之时，我们又多了一重联系：他和我的嫂子是舅表亲，我俩也就成了"亲戚"。他的家我也去过，离我家不到十里路。我们在同一个县，用大涛的话讲，这个地方就是"农业大县""外出

---

① 即现在的信阳师范大学。学校创建于1975年，时名开封师范学院（今河南大学）信阳分院。1978年经国务院批准为本科建制并改为信阳师范学院。2023年6月，教育部同意信阳师范学院更名为信阳师范大学。

务工大县"。我们家境相同，祖祖辈辈都是面朝黄土背朝天的农民，父母亲的愿望也都是让我们好好读书，将来不用再在家打坷垃头子①。

借此机会，我也想回顾一下我们的高中生活，看看那个时候农村孩子读书的模样。

我们每天有早晚自习，早晨记不清具体几点起的床，可能是5:30，不分冬夏。我们经常迷迷糊糊地去洗脸刷牙，然后到教室读书，大概半个小时后学校让大家集合，所有人被拉出去跑步。当时我们学校的面积很小，学生又多，操场根本跑不下，不得已都被拉到柏油马路上去跑，彼时路上人车稀少。又过了大概半个小时，我们回到班里继续早读。

冬天，大家对着水龙头用凉水洗头，透心的凉，但一咬牙也就洗了，洗之后湿漉漉的头上还会有雾气缭绕。那一排水龙头就在宿舍与教室之间的空地上。夏天的夜晚，男生有时候就在那里脱下衣裤冲洗，校长睁一只眼闭一只眼，女生也都很默契地不再在校园里走动。晚上一般是9点下晚自习，10点熄灯。有的同学会给自己"加餐"，点上蜡烛或用手电筒照着，躲在被窝里看书。聪明的校长往往会在楼下观望，只要看到哪个宿舍有微光，他就知道有同学不好好睡觉了，于是全体学生都会突然听到一嗓子"×××（宿舍号码）熄灯！"。

---

① 打坷垃头子是方言词，意为干农活。

　　我们吃饭也很节省，菜我只吃素的，一份是2毛钱，大约能打半缸子。因为我爱吃白菜，而且菜帮子便宜，所以自我调侃为"左帮主"。我们高中的食堂是没有桌椅的，大家三五成群地蹲在外面的空地上，把缸子放在地上，围着缸子吃。我认识一个复读生，他为了减少吃饭的时间而投入学习，往往在打到饭之后边走边吃，在大家刚吃到一半的时候，他已经开始刷碗了。夏天，天热得没有食欲，我们常端着饭到操场上找个树，在树荫下勉强吃上几口。2003年7月28日、8月5日、8月10日，学校先后共开了三次学才上成课，因为天气实在太热了。一方面教育局抓得紧，要求学生返校；一方面学校又怕热坏了学生。那时，我们所有班级的人数都超员了，最少的一个班也有七八十个学生，县一高的复读班更是多达100多个。而班里仅有几台吊扇，我们就这样度过了艰苦卓绝的三年高中生活。

　　大涛的成绩一直不错，尤其是英语。第一次参加高考时，大涛是我们班唯二的接到本科录取通知书的人，但因为专业被调剂到市场营销，于是他选择了复读。2006年第二次高考，他考了587的高分，但河南的竞争实在太激烈了，那一年的一本线是590分。后来，他听了哥哥的指导，说是信阳师范学院很好就业，不愁找工作。于是，他去读了热门专业：英语。

　　好在信阳师范学院没有让他失望，学校风景如画，学风好，培养出了许多优秀的教师。大涛的口语老师更是操着一口流利的美式英语，让他佩服得五体投地。大涛读大学时学习很刻苦，四年里，每天早晨都去教九楼天台上背诵《新概念英语》。有趣的是，多年后，大涛在应聘工作时说自己好几册的《新概念英语》都会背，老板立马录用了他。

不过，大涛的工作经历其实蛮曲折的。2010年本科毕业后，他通过校招进入邻县的第一中学，但进去时没有给编制，他在那儿教了一年的高一英语后便辞职来到深圳。到深圳后，他进入了一家英语培训中心。初来乍到，因为没有学生，大涛只做一些打杂的工作，每月2 600元的工资。用他的话说，那段时间比较艰苦，来深圳的时候身上只带了1 000元钱，用了一星期的时间去找工作，却几乎将所有的费用都花完了，也不好意思找家人或朋友借，就只好去银行办了张信用卡。说到这儿，他说要格外感谢自己开了人生中的第一张信用卡，虽然额度只有3 000元，却足以解燃眉之急。后来，因为进入转正考核期，他花了不到100元在龙岗工业园区的一家服装店里买了一套宽大的蓝色西服，穿着这套西服代其他老师给学生上课，却被学生们叫作"屌丝老师"。听到这儿，我心里有些难受。大涛则宽慰我说，好歹都过去了，人生就是这样，酸甜苦辣都要尝。

在这个英语培训中心做了不到3个月，大涛没有学生，没有朋友，没有钱，自觉很难融进那个圈子。又过了2个月，他提出辞职，当时培训中心的领导问他是不是听到了公司要辞掉他的消息，他说没有。领导说因为他课时量不达标，没有学生，公司也正准备和他解除劳务合同。听到这儿，我也想起了我的一段不堪的往事。我在某大学教留学生中文时收到了学生的投诉，领导找我谈话时，当时更高一级的一位过来直接问领导"还没弄好吗"。我听明白了，大领导是想让我直接走人，不用跟我多废话。那段耻辱至今难忘。

在英语培训中心辞职后，大涛又找到了一家成人教育培训中心，并顺利拿到了offer，还说面试时他给面试官当场背了一篇《新概念英语》中的文章。这家成人教育培训中心的工作地点在深圳龙岗区的横岗，当时那里还算"关外"。单位的负责人是山东人，方言相通，大涛和人家能聊得来。在这里工作了两年多的时间，总体上过得比较开心。大涛说现在回忆起来，那段时间还挺好玩的。后来因为发现没有什么发展前景，大涛去了当时光明区比较好的一所民办学校面试初中英语教师岗位，校长比较欣赏他，说小学部正在创建国际部，采用小班制，学费高，国际部教师的工资比初中部的要高1/3。大涛一听，毫不犹豫地进入了国际部，成了一名小学教师。

在民办学校国际部干了三年后，大涛又去了龙岗区的一所公立小学，在这所学校工作了五年的时间。这五年也是他成长最迅速的五年，在竞赛成绩、荣誉、职位上都有所收获，像深圳市优秀班主任、区教学技能赛一等奖等荣誉都被他收入囊中。2022年，他因能力突出，符合深圳市内部调动条件，也为了让自己的孩子上更好的初中，他便主动申请调到了罗湖区的小学，也就是目前工作的地方。

大涛说，这一路走来，没有大喜大悲。虽没有取得耀眼的成就，但还算是在积极向好地发展。这个过程中，他遇到过不少的困难，比如几次入编考试的失败；也产生了想回老家的念头，在深圳举目无亲，度过了一段特别孤单的时光。直到他在深圳遇到了他的终身伴侣。

如今，年近不惑的大涛已在深圳站稳了脚跟。他已结婚十年，儿女双全，夫妻俩都在深圳工作，并已买了车买了房。2023年，他多次回到河南老家，或为父母看病，或探亲访友。深圳虽远，但随着交通越来越便捷，他从深圳坐高铁差不多7个小时就能到离老家最近的漯河站。遥想2005年，我第一次坐大巴去深圳用了30多个小时，长途跋涉，其中的艰苦不堪回首。

我很羡慕大涛，他现在可以说走就走，常回家看看。

ying

英

zi

子

　　从
　　学
　　霸
　　到
　　教
　　授

　　英子是我人生中所有同学里我唯一认可的"学霸"。

　　2001年读初三时，学校召集了我们这一届的所有学生，宣布想为这所不起眼的初中打一场"中考"翻身仗。校方引进了各路英豪——有着多年教学经验的退休老校长、满头银发的语文老师、带初三班经验丰富的富有激情的数学教师、参加过各种比赛且发音纯正的英语老师，还有幽默风趣的化学老师、物理老师、体育老师。总之我们初三的师资算是顶配了。当然，生源也不赖，有聪明活泼的张同学，想考多少分考多少分的范同学，我也是被老师"三顾茅庐"，从庄稼地里拽过去的尖子生，英子更是老师从其他学校挖过来的精英。那时的同学们都各有优势，不相上下。拿我来说，我学习已经够努力了，可每次考试都落在他们后面。我意识到了他们恐怖的实力，有些同学天生聪颖，不是我努力就可以追上的。英子就是如此，用现在的话说，她就是我们班的学霸。

记得当年，我们班前5名的位子往往都被几个复读生霸占着，我成绩最好的时候也只是那个紧随其后的第6名，唯一能杀进重围的应届生是英子，而且还能将他们挑于马下。最后中考时，她更是傲视群雄，成了我们班唯一一个考上县一高的学生，而且她还是应届生，我想她一定拥有"最强大脑"。现在，县一高已是全国最牛的县级中学之一，每年考上清华北大的有几十个。在当年，这里就已是万千学子的梦想之地，当时有一种说法，"考上一高就等于一只脚迈进了大学的校门"。犹记得我参加中考时，乡邻也鼓励我"考上一高"。后来我落榜了，极其低落地走过乡邻的家门口时，恨不得立刻遁地回家。

就这样，英子进了一高，我去了四高。三年后，惊人的差距赫然在目：她去了厦门大学，而我去了黄淮学院。英子也曾感慨，人生中最关键的也就那几步，上一高是其中一步。她说她很感谢当年爸妈的支持。那年一高适逢扩建，学费还涨了不少，有人劝她考虑其他高中，当时其他高中确实也给了她很多优惠想挖走她，而她爸妈却说，"没考上那就算了，考上了再贵也要上"。可以说，这也是我们父母的共同心声。现在回头看，英子说，环境真的很重要，若没有一高优秀的教学条件和"比学赶帮超"的学习氛围，自己的未来真的很难预料。我说，咱俩的"躬身实践"是活生生的例子，我自认为学习很努力了，也不比别人笨，但咱俩的差距从初中时的5名之内，演变为大学时的天壤之别，这背后的原因除了我没你聪明，更大的可能就是学习环境吧。英子说，上一高在她人生中的重要性甚至远超她出国和在北京工作。

高中三年，英子继续发挥她的优势，在群雄逐鹿的一高，她的成绩依然优秀。2005年高考，她又一次以应届生的身份考了634分的高分，高出了河南的一本线66分。更能体现她"学霸"体质的，是她精准控分的能力——她的估分仅比实际成绩高了1分。但可惜的是，因为当时县一高失误了，预估的一本线分数比实际的高了12分，这直接导致英子在报考的时候比较保守地选择了厦大。到真正分数出来后，家人也觉得她报亏了。当我问及她考上大学之后家里人的反应时，她说当时更多的是遗憾。不过她又补充说，因为厦大的化学在全国名列前茅，所以她选了厦大这个最好的专业。

如今回望过去，英子很感恩。她说厦大是一个特别具有人文关怀的学校，厦大的学生是全国数一数二"受宠"的：学生们的住宿条件很好，厦大校友也设立了很多奖助学金。厦大校园美丽，她在那里遇到的同学也都很好。厦大一如厦门这个城市，温暖而不张扬，求真务实，这一点直到今天也仍然深深地影响着她。英子很庆幸自己能去厦大读书，在人生观、世界观、价值观尚未成形之际，她被厦大深深地影响了。她很爱母校厦大，无论当年，还是现在。她感激自己曾经在厦大度过的时光。不难看出，毕业多年后的英子心中仍激荡着对母校深深的爱。

不过，她也很感谢自己，是自己那么多年来的奋斗不息、不停进步，才有了今日的成绩。我问英子，她最认可的成绩是哪一个。她有些不好意思，谦虚地说这些算不上什么成绩。据我所知，她的履历相当厉害，甚至在百度百科上都可以查得到她。

2009年，英子本科毕业后保研本校，遇到了给她留下深刻印象的导师。导师是1980年读的厦大，可以说为厦大奉献了整整一生，也陪伴着厦大一路走来。英子因导师对母校的情怀而感动，也很佩服他为学为人的作风和品质。导师治学严谨，不随波逐流，英子很敬佩他，也一直以他为榜样。研一未读完，英子就被导师推荐到英国的巴斯大学读博，后又在英国做了一年博士后。2014年她入职了北京化工大学。2023年，才37岁的英子就已被评为正教授。这让我这个小讲师羡慕不已，我说我这辈子估计很难成为教授了。她说，当前的评价维度比较单一，文科和理工科不同，文科完全不用在科研上发力，但可以发挥自我价值去影响社会、服务社会。董宇辉是本科毕业，周杰伦也没上过大学，没必要被科研的评价体系所束缚，只要有自己的能量就足够了。你看张雪峰的影响力是多少搞新闻学、传播学的教授都无法企及的高度。最后她还不忘感慨：评价维度太单一，不利于人才发展和国家进步。我深有感触。

因为英子也是大学老师，所以关于教育，我们有很多话题可以聊。比如就化学专业而言，她说出了自己的看法：大家都把化学作为"四大天坑"专业之一，但现在的她对专业有了更深的理解，所谓天坑，其实是以"本科毕业即就业"来说的。如果只考虑本科毕业就能就业，作为一门基础学科的化学，真的没有什么优势。但如果选择了继续深造，就会看到基础学科的优势，它很容易与不同的专业产生交叉。尤其在学科发展高度融合的今天，交叉学科的优势就愈发明显。目前的大学教育仍然走的是精英教育模式，本科学习基础学科，可以对专业有系统的、深入的理解，为目前从事的研究打下坚实的基础。但她个人建议，如果未来不计划从事基础研究，本科学习了化学专业的学生，可以在研究生的时候选择一个交叉的方向，这样对就业来说会更有优势。

不过，相对于她对自己专业的看法，我更关注她现在的状况。因为我同学当中的理科生不多，所以我希望她能在自己的领域深耕，获得更好的成绩，一直优秀下去，比如拿到国家科学技术奖，评个院士什么的。而她则说自己比较"佛系"，这当然不是那种不思进取的"躺平"，而是不给自己压力，在力所能及的范围内持续前进，不卷也不倦。她认为，自己是受周遭环境影响比较大的一类人，如果周围环境很放松，她会很颓废；如果所处的环境压力很大，但若能耐受住，她会迎难而上。她用个人的经验告诉我，生活中，不能让自己太长时间处于舒适圈。我很欣赏她的这种态度——认清了自己也认清了要走的路，不奴役自己也不放飞自我。在我看来，英子依然是那个很会把握"度"的理科学霸。

现在，她有自己的科研团队和学生，每星期有四节课，剩下的时间就是做科研。她说还是比较佩服自己的闯劲儿的：上大学的时候，自己跟着两个同学直接去了一个陌生的城市；出国读研这几年，所有的事，也都是自己一个人搞定的。好像也没有畏惧的感觉，可能骨子里还是比较喜欢去闯荡的。我觉得，她这样的性格就很像科学家，有探索科学奥秘的那股劲儿。她现在的研究方向主要是生物医药，我说我不懂，她给我举了一个例子，比如研发试纸，通过简单的操作就能知道一个人得了哪方面的病，我一下子就懂了。想当年，理科各科中我最喜欢的也是化学，现在我还常常想，要是当年选择了理科，是不是也是个身着白大褂，为拯救生命、为国家攻关的科研人员了。英子也深有感触，她说当年自己也全由着对大学和专业的浅显理解而做了选择。相比于今天通畅的志愿填报和丰富的报考信息，当年真是时也、命也，很多学生的人生轨迹也因此被改写。

现在回首去看，人的一生中，有太多个人无法左右的因素，而且当时的自己真的无法意识到，一个小小的选择，对今后的人生究竟意味着什么。这让我想起英子的厦大校友鲁迅先生的一句话，"无穷的远方，无数的人们，都和我有关"。如果套用一下便是，无穷的过往，无数的小事，都和现在的我有关……

我和英子自2002年初中毕业以后二十多年没见，今日再次相见觉得我俩都没怎么变。她还是那么活泼开朗、上进优秀。我俩无所顾忌地畅谈当年情窦初开时同学里谁喜欢谁，谁追求谁。她说被人喜欢是一种鼓励和动力，我说我当年也喜欢过她，觉得她是学霸，怕耽误她学习又觉得配不上她，所以没敢表白。她闻言一笑。这二十多年来我一直以为她单身，这可能是我对学霸的刻板印象——一心扑在事业上，没有更多时间和精力考虑婚姻之事。英子打破了我的这一偏见，她已是一个孩子的妈妈，她的老公也很优秀，是她读博士时的同学。他们目前在北京安了家，成了我们老家从农村走出去的杰出代表。

我写本书的初衷，是为了记录和展示大学同学的青春及人生轨迹，英子显然不在"二本同学"之列。但因为她是我所有同学中的杰出一派，同时，为了更直观地让读者了解二本与名校、文科与理科毕业生的差异，明白选择与环境给个人带来的不同影响，所以她就成了不二人选。

但无论如何，英子也是在18岁的时候第一次出了远门，第一次坐了火车，第一次看到了连绵起伏的丘陵，第一次学说普通话，第一次走进大学。

ruo

若

shui

水

被调剂耽误的人生

我把采访的范围扩大到了我高中、初中和小学的同学。在这三个阶段的几百个同学中，每段里能找到且仅找到一个考上大学的同学。我端详着毕业合影，常常感慨：河南高考的竞争如此激烈，如果当初就知道一个班那么多人，将来只有一个能考上大学，那我们还会这么起早贪黑地努力吗？

若水是我小学阶段的"二本同学"。

我和若水是一个村的，她住村西头，我住村东头。庄大且长，所以我们一直没见过。直到小学五年级我转学去了韩楼小学，我俩才认识。彼时她成绩优秀，我也不遑多让。用她的话说，我转学过去之前语文老师最喜欢她，我去之后语文老师就喜欢我了。

当时我们学习还是很刻苦的，经常在放学之后给自己"开小灶"。我们同村的五个同学经常在晚饭后跑到其中一个同学家里挑灯夜读，一起做作业，一起玩耍，然后再摸着黑，借着月光各回各家。如今年近不惑，童年的那一幕仍经常浮现于我的脑海中，也成了我们五个人共同的宝贵记忆。现在回头看，真不知道那么小的我们哪儿来的自律和学习劲儿。

这种自律品质的养成少不了一个人的教育，那就是我们小学的数学老师。他当时刚大学毕业，意气风发，严于律己，行为世范。他经常穿着西装上班，这在我们那穷僻落后的农村小学无异于"奇装异服"。老师上课坚持说普通话，在遍地土语、周围都是年长教师的环境里绝对是个"另类"。我问若水对她影响最深的老师是谁时，她毫不犹豫地回答是这位小学老师，这出乎我的意料，因为我以为她会说高中或大学的老师。她说，老师那时很年轻，留着典型的知识分子的发型，干净得跟他的声音一样。现在想来，她对文字的喜欢也要感谢老师的启蒙。作为数学老师，他让我们的数学成绩飞速进步，这在乡里是出了名的。在数学之外，作为班主任的他还经常在放学后给我们读报纸，读各种文章……还教我们说普通话。他让若水很早就发现自己分不清一声和三声，也让若水看到了农村之外的景色，看到了不一样的世界。我想，在那样一个信息闭塞、物资匮乏的年代，像他这样的年轻老师无疑是我们的另一双眼睛，带我们看到了外面的世界，也深深震撼了我们幼小的心灵。若水还提到，她清晰记得这位老师当年的一番慷慨陈词。那一年，美国轰炸了我国驻南联盟大使馆，举国悲痛。老师对我们说："你们一定要好好学习，报效祖国。如果我们不强大，敌人即便炸掉北京天安门，我们也没任何办法！"若水永远无法忘记老师说这句话时眼含的怒火与泪水，可以说，这是她从小到大接受的最好的爱国主义教育。

初中时我和若水不同校，高中时她读了三高，我读了四高，两校同在一路，相距不远。在通信不便的年代我们还写过信，互相鼓励，以期金榜题名。高二文理分科时我们都不约而同地选择了文科，她的理由是，数学不好，化学太差，老师曾对她说"我怎么就教不会你呢"，这句话让她彻底对理科失去了信心。若水的外语不错，高一时曾被同学称为"小词典"；语文又很对她的味儿，高一时她在作文里写下李清照的"满地黄花堆积，憔悴损，如今有谁堪摘"，被老师夸赞，这也成了她后来笔耕不辍的一大原始动力。

2005年高考，我俩都上了本科线，成了我们村东西两头的"双子星"。那个时候我可以不谦虚地说，我俩从小到大一直很优秀。但河南的高考竞争激烈，她被迫选择了复读。2006年，她考了576分，以复读班第二名的成绩被河南师范大学录取，但专业从经济学调剂到了教育管理，从此开启了她"被调剂耽误的人生"——这是她由衷的感慨。

当时对报考志愿她也是懵懂的。整个村里都没人了解，亲朋好友之中她又是第一个大学生，只知道我比她早一年读大学，但因为家里的电话坏了，所以没法和我取得联系。看着关系好的同学填报了河师大，她也跟着填了。进入大学后发现，大多数同学都是被调剂过来的，整个班里弥漫着怀才不遇、看不上现学专业的氛围，她也不知道这四年里干了啥。在她看来，教育管理专业空有理论而无学科纵深，等于说，想当语文老师却没有专长，不可能有人会让一个刚毕业的大学生去当校长，管理学校。总之毕业时，若水深感大学历程的苍白无物。说到这儿，她不禁感叹，我们这一代大学生"前无古人"，缺乏指导和规划，大学真是白读了。

也许是明白得太晚，也许是想弥补大学和青春的遗憾，她也"随大流"走上了考研之路，那时候她的一个同学还刺激她，说要是能考上了研那一定是老天开了眼。若水很努力，考研总分还不低，只可惜英语没过线，所以她遇到了人生中的第二次调剂——由浙江大学调剂到江南大学。浙大没给她复试的机会，让她又陷入了迷茫，碰巧有个同学想要调剂到江南大学，于是她也跟着去了，结果同学调剂未果，她则顺利地来到了无锡。

这一次，重归校园的她才有了真正在读大学的感觉。她积极参与校园实践，写作的特长也得到施展，各方面的能力都得到了锻炼，人也变得越来越自信了。整个读研期间，若水都很积极，带着昂扬的劲头学到最后，顺利毕业。

研究生毕业后，若水曾想回河南老家找工作，但一次郑州高校之行让她彻底改变了这一想法。当时她千辛万苦从无锡赶到郑州参加一所高校的应聘，因为一个无关紧要的材料没有带而被拒之门外。问题是，这个东西是完全可以后面补交的。就因为这个十分不人性化的操作让她连面试的机会也没有，这件事给一心想报效桑梓的小姑娘带来打击。她说，这事要是放到南方其他地方，绝对会通融的。若水很受伤，又回到了无锡。虽然河南给她关上了门，但无锡给她开了窗。她在无锡遇到了后来的老公，俩人最终也定居在了无锡。不过老家河南也给她留了一个"后门"，那就是她老公也是河南人，俩人因是老乡而走近。

我曾于2017年8月顺访过江南大学，若水的新家就在江南大学旁边，他们一家人热情地招待了我。从她家能俯瞰江南大学的操场，风景极佳。我十分羡慕她离开了江南大学又"留在"了江南大学，即使没能留在江南大学工作。若水毕业后去了一家房地产企业做文案，主要工作是写文章，做企划，搞宣传。后来公众号兴起，她又负责运营企业的公众号。对她来说这些都算对口，因为她本来就喜欢写东西。今天，她还为自己的爱好留了一块空间，开了个人公众号：愿为一棵树。值得一提的是，公众号的头像还是我在老家麦田里拍的一棵笔直的、桐花葱茏的泡桐树。拍者无意，但用者有心，或许她在为漂泊在外的孩子表达对故土的思念吧。

无锡经济发达，若水所在企业为她提供的薪资也比较可观。后来受疫情影响，企业效益不好，这种不稳定让她开始考虑以后的道路。在35岁的年龄档口，若水跳槽到了无锡的一个区政府，做起了党务工作。虽然工资低了不少，但实现了她求稳的目标。虽然她自我调侃活成了小时候自己眼中最不喜欢的样子，但好在工作不辛苦，又能照顾家小，目前她还比较满意。

我俩本来计划只聊半个小时，但谁知一打开话匣子就收不住了。也许是太熟的缘故，或者因为多年未见，总之一个愿意说，一个愿意听。思绪时不时地飞到小时候，又回到当下，毫无顾忌地畅谈。如今虽都已人近中年，但在各自的时空中安好。

若水说，人生的每一步都环环相扣，没有好坏。她觉得自己的人生缺乏规划，不像我，那么心无旁骛，笃行不怠。我说我这叫固执己见，但从好的一方来看，我不易随波逐流，多少算是个有"己见"的人吧。她说人的想法太多，太内耗也不好：人一喝墨水就是条喂不熟的狗——话糙理不糙。她小时候唯一比较清晰的梦想就是将来不当农民，现在最起码这个目标实现了，而且超出了不少。如今，她对自己毫无规划、随心而过的人生也不再感到后悔。人生一遭，不喜各种规划、计划，兴之所至，心之所向，这样也很好。现在的她渐渐成了整个大家庭的主心骨，侄辈有什么学习上的问题也多来请教她，她为家族开了一扇门，让农村的更多孩子看到了另一种活法。此时的我想到一个热词"教育闭环"——当年那位小学老师对她的启蒙如今已开花结果了。

关于"被调剂耽误的人生"这一话题，我在最后问她："如果没有考上大学，你会……"她说，人生没有如果，有的只是结果和后果，看看今天的自己便知。终于还是那句话来得贴切：早知今日，何必当初。

看来，她对被调剂之事还耿耿于怀。我十分理解，因为人生会路过无数个岔路口，每一步都与被"岔"到现状有关。

a

阿

shu

木

生死看淡
不服就干

　　阿术有着超越同龄人的成熟。对我来说，他的想法总领先我们很多，我也是直到现在才理解大学时期的他，以及他的那些言行。

　　我第一次被他惊世骇俗的言论震惊到，是在大三的时候。他在校门口对我说，他将来不打算让他的孩子读书，大意是学校的教育不能让孩子学到什么东西；而且在学校学的东西越多，桎梏越多，越不利于孩子的全面发展。

　　阿术曾让我觉得，他是不属于我们这一时代的人。他不止有想法，还会付诸行动。大一时，辅导员想敲定班长人选，曾问我愿不愿意，我谦虚地拒绝了，因为大学是什么样子、该如何度过，我连这些都还没搞清楚，又怎敢担此重任。后来，阿术当了班长，我听闻后有点不服气，因为我常见他口若悬河、夸夸其谈，操着他那带有信阳口音的普通话指点江山，却没见他读书学习。我心中直犯嘀咕，像他这种人是怎么考上大学的？但后来，他却像个孤勇者，带领我们一群刚入大学的懵懵懂懂的少年杀出了一条血路。

大一的时候，他就带着我们在后山举办迎新年的篝火晚会，带我们去公园划船，还背着锅到山沟沟里野炊……很多大三大四生才敢做的事，我们在大一都基本上做完了，以至于后来的继任者再搞其他活动，都无法让我们觉得特别。大三时我也竞选了班长，但又因为谦虚没给自己投票，最后以一票之差败给了大雄。后来老师为了锻炼我，同时考虑我在大四会忙于考研，就让我任执行班长，让我试着施展拳脚。我按自己的想法做了不少活动，比如"综合知识华山论剑""唇枪舌剑辩论赛""骑行北泉寺"这类，但显然没有给大家留下深刻的印象，就连我做过执行班长这事，同学们也都不记得了，好像只有我自己记得。现在，一提到同学聚会，大家都会让班长阿术来召集。可见大家对阿术的信任和认可。

阿术也确实能担大任，他一入大学就"走出"了校园，开始为自己的梦想而创业。

2005年是母校升格的第二年，那时候学校周边还是荒地、废坑。随着学生越来越多，校外有了菜市场式的商业街，阿术就在那里开启了他的创业之路。

他的店铺主要卖奶茶。在为店铺起名时，他还征求了我的建议，我起的名字是"倾写人生"，主要想玩玩文字游戏，体现出我们中文系的底色。但他更有想法，最后给店铺起名叫"滋味堂"。他说，人生有多种滋味，如奶茶一样需要品尝。当时，如我这般未入社会不谙世事的孩子，在听到他对人生滋味的高论时，顿觉我与他不是一代人，他远比我成熟，思想深邃得多。

很快，滋味堂扯上了网线，配上了电脑。记得有一次他有事去陪女朋友，我去帮他看店，其实也是为了顺便蹭一下网络。一夜下来，我的腿都被蚊子咬肿了。天亮以后，我看着滋味堂后窗外的荒草，百般滋味——当我在为省钱而来蹭网的时候，阿术已经"富裕"到实现了网络自由。后来，要毕业了，滋味堂也关了，我不知道这次创业他是否赚到了钱，但以我对阿术的了解，他的人生贵在丰富。哪怕生意赔了，对他来说也是一种成功。

大学毕业后，他开起了公司，逐渐成为当地业界的佼佼者，我们对此也不再感到惊讶，因为这确实是阿术能够做到的。2017年，《文汇报》的一次采访透露他已经将营业额做到了2 000万元，他也很有感触地说："由此可见，1个亿的小目标也不是遥不可及的。"

他的公司专门从事公务员考试培训，他是创始人，公司总部在郑州。有一次，他指着标记在中国地图上大大小小的红点说，将来我的公司也要在上面有一席之地。那些红点是华图、中公等知名的考公机构所在地，可见他的雄心壮志。不过他主张"高筑墙，广积粮，缓称王"，继续"雄心勃勃地默默付出"（阿术自言）。

选择做考公培训这一行，始于他大学期间的打工经历。大三时的一次偶然机会，他去了一家公务员培训机构当老师，意外地找到了自己擅长的领域。之后仅仅三年，他就出任了某知名公务员考试培训集团的面试研究院院长。其中有一年，他更是带领82名老师跑到全国12个城市授课，一年266天，3 192个课时，创下了业界最高纪录。他独创的理论体系、解题技法及心理突破术，更被当作"现象级"绝技被同行研究和模仿。2010年，24岁的他就已被誉为"面试教父"。"粗耕一亩，不如精耕一寸"，就这样又做了十多年。

阿术回忆，他最原始做公考培训的动机是出于对金钱的渴望，清苦的大学生活让他明白马斯洛需求层次理论[①]的无比正确性。他热爱生活，但唯有赚钱才能满足他最基础的需求。因为自己的学校一般，本专业能从事的工作也无法让他获得更多收益，于是他考虑自己创业，这给了他可以自由发挥的无尽空间，新的广阔天地在他面前展开。就这样，阿术毅然决然地走上了这条"不归路"。他说，公务员永远会有，考公培训也会永远存在，所以我要干到底，干到我的生命结束。看似如此坚定地坚持了下来，但其实一部分也是出于无奈，因为他没有退路，更要为所有人负责。每个人都是社会的螺丝钉，一旦扎下去，那就和周围的环境融为一体了。年龄和经验早已和我们的工作捆绑到一起，岁月愈深，

---

① 马斯洛需求层次理论是由美国心理学家亚伯拉罕·马斯洛（Abraham Maslow）在1943年提出的关于人类动机的理论。该理论将人类的需求分为五个层次，从基础到高级依次是生理需求、安全需求、社交需求、尊重需求、自我实现需求。生理需求是人类生存的基础，包括食物、水、睡眠、呼吸等。

捆绑愈紧，调头谈何容易。阿术从大学开始就很有责任心，如今他上有老下有小，与自己的合伙人也已捆绑日深，更有数不清的员工要负责。总之，阿术口中的无奈又何尝不是心中的那份责任呢，他是一个有担当的男子汉。

　　阿术爱折腾，有干劲。据他说，他这么能折腾是遗传的。他爸爸就是一辈子在折腾，却一辈子没挣到钱的人。他家永远缺钱，但又永远不在乎钱，比如今天挣了一百，立马就能花掉九十九。别人都在攒钱盖房子的时候，他们有一点钱就去租房子住了。口袋里从来没有多余的钱，也从不为明天的生计发愁。父母的金钱观也深深地影响了阿术，阿术说他父母是"贫穷的富人"，所以他对钱也是相同的态度——"钱是王八蛋，没了再去赚"。大学刚毕业一年时，阿术创业维艰，在公司起步的"蹒跚"阶段就下血本给父母买了一套房子。后来，刚拿到驾照的他就买了一台奔驰来练手，磕磕碰碰他也无所谓，真正做到了"物物而不物于物"。婚后的他还给老婆买了一栋房子，尽管要还很多房贷，但他也毫不在意。他一心扑在事业上，事业以外的事有老婆帮忙打理。说到这儿，他由衷地赞扬了他的"贤内助"：老婆把孩子、父母照顾得井井有条，没让自己操一点儿心。而自己和谁去应酬，什么时候回家她也不多问，给了他充分的自由和信任。哪怕企业亏损的时候，老婆也会出资支持他，并且毫无怨言。真是应了那句话：一个成功的男人背后都有一个伟大的女人。

　　父母从小就给阿术做了榜样，成家后妻子也不约束他的发展，这让他更有底气和自由折腾事业。除了这些外，他也提到自己的一次"顿悟"给予他的改变。

他清晰地记得初三的一个夜晚，厌学的他在操场上散步。教室里贴的伟人像让他不禁思考起一个问题：人都是要死的，不管他们多伟大，我也是，那人生的意义何在？后来他想明白了，他说，我们每个人都在赶路，终点都一样——死路一条。不一样的地方在于，我们中间走的这段路各不相同。就好比大家都在摘苹果的路上，他一定要去拿那个又大又甜的。人就这么一辈子，不要怕困难，大不了一死。如果死都不怕，那还怕什么困难；再说，如果死了，反正也不会再回来了，那就更用不着害怕了。这次操场上的悟道让阿术树立了全新的人生观和价值观，也奠定了他敢于折腾的基础。他说自己"既狂妄，又谦卑"。我则觉得他看得清楚，想得透彻，做得勇敢。总之，生死看淡，不服就干！

就是带着这样的觉悟，他来到了大学，并对大学有了与他人不同的感受。

未入大学时，大家都会对大学畅想一番——那无疑是"人间天上"，是在最美的年华能够遇见的自由天地。可真正入了大学，"看景不如听景"，落差在所难免，尤其是我们那样的二本小学校，嫌弃、抱怨、不满充斥着我们的大学生活。阿术则说，他最烦那些发牢骚的，说什么这儿不好那儿不好，好像自己的家乡又有多好似的。他是抱着一种享受的心情来读大学的，也知道学校有很多不好的地方。但母校就好比一个不识字的母亲，虽然给不了你什么，却给了你温暖、爱、信任和自由，让我们可以随意施展，这就够了。这也是他能在大学期间那么折腾，又那么怀念大学的主要原因。我借此提问："这是不是也是母校的弊端？因为我们知道母校的'不识字'正是限制自己发展的根源，也是不能为自己的发展提供帮助的一大原因。"而阿术则答："这就好比村里的妈妈，大字不识一个，却让我们爬树，摸虾，解放天性，锻炼身体，给了我们自由的成长环境和多彩的人生回忆，以及健康的生活和体魄，这比什么都珍贵。"

阿术的惊人言论和奇异思想再现了。言及母校，阿术的反应更多的是激动，他觉得在母校的经历是美好的。他说，母校环境的好与坏让他感觉没有那么强烈，因为这一点不重要，他只知道这是自己人生路途中的一站，匆匆四年后又将驶向下一站，所以能做的就是施展自己、发挥自己、成就自己。

阿术从来都是这么有想法，所以他才能引领我们这样一个班，甚至后来虽然又出了三任班长，但光芒依然被其所掩盖。他仍是那个灵魂人物。

阿术说，当老师要当有思想的老师，创业也要有思想地创业。有一次他在电话中对我说，你教语文要能成为这个领域的专家，要成为明师，要有自己的教材、自己的理念、自己的方法，而不是成为通用教材的传声筒。在一次电台采访中，他还透露了他的教育理念。他说现在不缺学习资源，我们的任务是如何利用这些资源帮助学生提高学习效率。举例来说，以前是一个班三十个人做一套卷子，短板永远补不齐，长板也无法突出。现在我们能不能做到"看人下单"，每人一套，利用大数据，根据个人的优缺点有针对性地练习，这样必能事半功倍！我觉得他的这一理念又是十分超前的，而且将来或许会引领潮流。就好比我们现在上网买东西，已经可以按自己的喜好来定购了，而教育本身就是一个十分个性化的东西，将来也必将走向个性化。他自己对此也有切身体验，他说他曾在网上定制了一件羊毛衫，有师傅专门来给他量体裁衣，穿上之后还跟踪服务，哪里不合适还可以改，可谓将个性化服务做到了极致。相信在将来，做教育也会是这样一个趋势。

我很有幸能和这样一个"有型"的人成为同学。我们都从事教育，都信奉教育是"一朵云推动另一朵云，一个灵魂唤醒另一个灵魂"。根据阿术和我的经历，我觉得可以重新定义"同学"这个词了。"同学"即同学共进，"一个同学推动另一个同学，一个同学唤醒另一个同学"。

san

guo

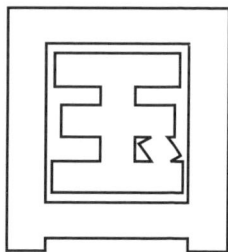

熬过低谷 玉汝于成

袁同学酷爱读三国，大学期间读了不下二十遍《三国演义》，各种典故烂熟于心，又研读了《三国志》。侃起三国来口若悬河，颇有易中天品三国的架势。彼时也正是百家讲坛和易中天最火的时候。

我常见他窝在宿舍床上读三国，有朋友至，他能滔滔不绝地跟对方聊一上午，各回目章节门门清。我读的书少，又泛滥无归，最羡慕他这样"术业有专攻"的，也最怕这样的"专家"。因为比起他，我多是那个"不学无术"者。出于以上原因，我就叫袁同学三国吧。

三国同学是江西乐安人氏，2005年以490多分的成绩考入黄淮学院汉语言文学专业。他第一志愿报的是本省的东华理工大学风景园林专业，后被调剂至此。他不想复读，也就负笈北上了。当时黄淮学院有针对外省同学的政策，即入学后可以转专业，但三国同学性安逸，想着既来之则安之，就在中文系扎下了根。

如他所预料的，中文系的学习压力果然不大。这四年过得虽无忧无虑，但也觉得浪费了锦瑟年华。现在回看，母校自由有余而约束不足，同时又乏明师引导，导致大家的生活大学化、学习高中化。三国同学印象最深的是写作老师，老师曾要求学生们一学期交20篇练笔。他认认真真地都完成了。老师还给我们布置了写作任务，比如写下"面对一棵千年古树"的感悟，去火车站观察乞丐并写下观察笔记等。除了这个老师，还有一个古代文学老师要求我们背500首古诗词，三国同学也都认真对待了。用他的话说，比起背英语单词，这个容易多了。他说我给他留下的最深印象就是我天天学英语。说到这儿，我想起自己拿着书在操场边上痛苦地背单词的经历了。那时我一直感叹，堂堂中文系的，小说没读几本，专业课没时间看，却天天在这里啃英语书，我干脆去读英语系算了。彼时的我对英语深恶痛绝。三国也是，他说自己想研究的是古代文学，看什么英语文献？说到这里，他想起高中时自己的文综成绩特别好，政史地基本不用背都能拿到高分，在英语成绩没出来时，他总能排进班级前几名；英语成绩一出来，他的名次立刻落了下来。后来他也考虑过考研，还特意打听了哪个专业的英语分数低。当得知考古符合这一条件时，想到要天天在外风吹日晒的，又打消了考研的念想。

大学时，除了读三国、看小说，三国还在大三谈了一段恋爱。用网络流行词来说，三国是"高富帅"。高，他的身高应该是我们同学当中最高的了。富，在我眼里，好像外省的都比较有钱，当然不是说我们河南的穷，而是说我穷。我的日记本上清晰地记着我当年大学学费的来源：奶奶100，大叔50，舅舅100……而三国的爸妈在他大学第一年就给了他10 000元的生活费，让他看着花。大一结束时，三国揣着1 000元的余额回家交账去了。因为我本身是河南人，所以在驻马店生活、读书时，对物价的高低不是很敏感。三国则说这里的物价低得离谱。他清楚地记得入学报到时是在半夜到的，他和他爸爸在校外花了2块钱点了一碗肉丝面，因为害怕自己吃不饱，又花了5毛钱买了3个馒头。结果河南人太实在了，面的分量十足，他那一碗面根本吃不完。后来他爸爸开玩笑说，看来一个月给200元就够吃了。三国是独生子，据他说读大学的时候他还不会洗衣服，他在水房里都是一边偷瞄同学搓衣服，一边有样学样，就这样开启了自己独立的生活。至于帅，和他谈恋爱的女朋友当然最有发言权，大三时，他和我们班的"班花"恋爱了，郎貌女貌，郎才女才，很是般配。

三国读三国，毕业论文也是研究三国。12 000字的论文他一气呵成。论文写得顺利，答辩顺利，工作落实得也顺利。大四毕业前，他看到惠州市国税局在招人，汉语言文学专业的要四人。于是他就抱着试试看的心态报了名。彼时，我们对于考公大多是懵懵懂懂的。考公热也远没有兴起，我连申论是什么都没听说过。三国同学经过两个月的准备幸运地通过了笔试，排名靠后。后来他去参加面试，也不知道结构化面试是什么情况。碰巧在电梯里遇到了一个刚离开考场的"考友",这位仁兄十分热情,还是个话痨,把面试的东西一股脑地倾囊相授,这时三国才心里有点儿谱。

三国的爸爸是老家人社局的公务员,这多少影响了三国,起码三国毕业时没像大多数人一样去当老师。这次考公面试是爸爸陪同着去的,并有针对性地在考前辅导了他。他爸爸教给他回答问题的窍门:先谈自己对此问题的认识,再给出解决问题的方案,这样比较全面,系统,有条理。最终,三国淡定地走入了考场。考试结果当天就出来了,三国成功反超,工作有了着落。临近毕业,其他同学都如同热锅上的蚂蚁、没头的苍蝇,三国则悠然地等着单位的调档通知。不仅如此,他还登上了学校的毕业生光荣榜,成了我们那一届的优秀毕业生。他给同学们蹚出了一条路,让我们知道原来公务员考试不是那么遥不可及的。

然而,前途是光明的,道路是曲折的。三国意气风发地南下就职,却发现理想很丰满,现实很骨感。

他参加的是国考,目标是留在惠州市区,但在市局报到后被分到了县里。这次国税局招进来不少人,但不可能所有人都能留到市里。所以,三国去了县里,可县里的凳子还没捂热,又被分到了镇里——当时条件最差也最远的地方。经过这两轮分配,他充分体会到了古诗词里屡遭贬谪的文人的处境了。他一个人背井离乡,举目无亲。下班后的同事们各回各家,各找各妈,唯有他留守着办公大院,看月明星稀,闻柴门犬吠。他想家了。人离乡贱,他给爸妈打电话,想回家,爸妈也心疼自己的宝贝儿子,但回家又能做什么呢？他也想过辞职，但重考公务员还要等待时机，而且不一定又能顺利考上。他打电话向其他人诉苦，这时他堂姐的一句话点醒了他：既然现在是你最糟糕的时刻，那么以后只会越来越好。大学室友也告诉他：还记得大一的军训吗？熬过了军训就能熬过四年大学，熬过四年大学就没有什么熬不过的了。于是三国想，是龙得盘着，是虎得卧着，那就先熬吧。谁让自己当初找工作找得那么快，不再多选一选呢。

于是，三国学起了税务知识，边学边干。他之前学的是汉语言文学，研究的还是《三国演义》，作为门外汉，税务对于他是全新的领域。若无财务、会计知识，连账都看不懂，下情无法上达，与同事也交流不畅。利润表里的术语、账目背后的逻辑关系、税务名词、税法知识，一切都要从零学起，这无异于在大学学一门新的课程，修第二学位了。三国在这一刻才终于发现，原来所谓"中文系是万金油"的说法并不准确，中文知识有用没错，但不一定用得上。学习能力才是能够持续发力的实用性工具。

守得云开见月明。后来三国终于等来了机会，他被借调到县里。他清楚地知道，既然回来了就一定要想办法留下。他也确实凭着自己的能力做到了。再后来他认识了现在的妻子，妻子是另一个县的公务员，两个人分别在惠州的一南一北工作，房子买在了惠州，现育有两个孩子，家庭幸福美满。现在的三国还升至副局长了，着实让人羡慕。毕业十五年了，我看他变化并不大，虽是中年大叔，却离油腻还很远。这当然和他自律的生活有着直接的关系。他也很少用微信、QQ等软件，这一点就说明了很多问题。

　　读书不一定当即有用，也不能直接创造财富，但它会内化为精气神，就好比你吃下的馒头，看不见你长高却能使你长高。三国说，大学期间给他印象最深的一本书是《了凡四训》。这本书对我也影响颇深，不过我接触它是读研的时候了。《了凡四训》的主旨是，我命由我不由天，人们可以通过修为来逆天改命。所谓四训，即立命之学、改过之法、积善之方、谦德之效，人正是要用这四个方式来改变自己的命运。现在回看三国的经历，他好像就是这么做的。

xiao

小

li

莉

如果人生有剧本 我愿做那执笔人

　　我希望自己能考上一所好的大学的研究生，毕业后能幸运地当上个好老师。如果是大学老师那就再好不过了，至少也是个高中老师。能在一个城市里有自己的一片天，每天都活得很滋润！当然了，这些都是基本的，最重要的是要有个待我好的人和我一起努力，这样我会更有信心地扮好我相夫教子的角色。哈哈，不脸红。我想如果能把这些都做好了，我这一辈子也不枉生了。

　　这是2008年3月大三时小莉写给未来自己的一段话。转眼十七年过去了，没想到小莉的人生居然就是照着她拟写的"剧本"在扮演着。

　　2009年小莉大学毕业，考上了华中师范大学的研究生，顺利地实现了她到一所好大学读书的愿望。她说以前对大学的向往就是电视剧《将爱情进行到底》里的画面：白衬衫、林荫道、自行车。本科母校显然未尽如人意，但再次进入新的高校，小莉的梦想还是照进了现实。研究生三年，她长了见识，接受了好大学的熏陶。

三年后，她成功地来到郑州一所航空大学当老师，她的第二个梦想又顺利且高质量地实现了。和当年我们的老师一样，教起了"对外汉语教育学引论""语言学概论""大学语文"等课程，带着一群不比我们小多少的年轻孩子徜徉于美丽的大学校园里。

2020年国庆节，小莉与她的白马王子走入了婚姻的殿堂。因为疫情我没能到场参加婚礼，但发了红包以表祝贺。她幸福地实现了又一个梦想，开始了"相夫教子"的生活。我和她预约采访时，她正带着娃在校园的操场上享受阳光。正如她在"回信"中记载的那样："春光明媚的三月，我和家人带着不满一岁的宝宝在外玩耍，接到老左同学的视频电话。"小莉的人生十分顺畅，真的"将剧本进行到底"了。

回首大学四年，我和小莉没太多交集，印象中只记得她和叶同学、廖同学常一同出入，是校园"三美"。大四毕业前，我们穿着学士服，参加完毕业典礼后在校门外偶遇，便合了一张影。2016年暑假，我到郑州动手术时还和她、闪光等大学同学聚了餐。这就是我印象当中的和小莉为数不多的互动了。不过她记得还有一次，她在信中说："我和左同学的友谊始于大四毕业前，刘景秀老师邀请我们给2008级的学弟学妹们分享考研经验。"这一次，我的记忆又被拉回到火热的 2009 年 5 月。

从西南大学复试回来后，我给现代汉语老师带了点儿特产。临别时老师说了一句："你给我们班做个讲座吧。"我很荣幸地答应了，没想到很快，两天后，她的班长就给我电话，约定讲座被定在下周一晚上。

办讲座的流程比较简单，唯一的难题是他们要找到一个多媒体教室。那天我去打工发传单了，下午 5:30 草草收兵返回了学校。回来后我先做些了准备工作，试了一下多媒体是否能用，还为我的演讲列了个提纲。因为没有电脑，搜集的材料都列在 U 盘里。因为这次面对的是大一的同学，所以我觉得没必要谈论太多很细节的、专业的问题，我只想给大家鼓鼓劲儿，让他们对考研有一个印象，如果想考，也要坚定这一初心。因此，我把讲座的主题定为"点燃激情，传递梦想"。我试图以幽默、轻松的态度来和大家聊聊，可事实是台下的大家表情看起来都不太轻松。我的语言也不够幽默，整个讲座下来没有掌声，也没有欢乐、会心的对话。不过令我稍微放下重担的是，我在最后让他们欣赏了一些我考研阶段的图片和视频，他们看后终于笑了，而且笑声不断，还不时地交流起感受。这次讲座对我来说有很大的收获，它让我提早地理解了，作为老师，传授知识的方式很重要。

在后面的采访中，小莉回忆起大学的同学和老师。从她的视角，我看到了这群可敬可爱之人的另一面。

大一的现代汉语课上，刘景秀老师给我们讲完短语和句子成分分析，让大家结合课后练习进行讨论，两节课不知不觉地就结束了，小莉也因此对现代汉语的句法结构有了更深的认识和更大的兴趣，并最终确定了考语言学研究生的目标。教授写作的王倩和海伟池老师，讲课旁征博引，深入浅出，精彩生动，听她们上课是一种享受，总让人觉得意犹未尽。教授礼仪课的曹娜老师，设计的社交场景有模有样，很是有趣，她还让我们分成小组，边学边演示。尽管这门课不是我们专业的必修课，但曹娜老师对我们的学习和课堂纪律要求严格，这一点让小莉记忆犹新。小莉从学姐那里听说曹老师也教小说和剧本写作，她曾把自己写过的一篇小说的初稿通过电子邮件试着发给曹娜老师看，请她给些指导意见。没多久，就收到了曹老师的反馈，老师在电话里一句一句地指出小莉小说里的问题，建议她如何修改，让她十分感动。小莉的毕业论文指导老师张彦群，尽管没有给我们上过课，但对小莉毕业论文的悉心指导，让她深受启发。还有教授古代汉语的彭坤老师、魏永生老师，教授文艺理论的王森老师，教授外国文学的曹丹老师，教授现当代文学的金振胜老师以及讲授训诂学的刘汉生老师等，他们有着鲜明的授课特点，他们的课堂从不让人觉得沉闷、枯燥。此外，在小莉眼里，学习之余的大学生活也并不单调、乏味，当年懵懂的我们也曾闯过祸、犯过错，而辅导员袁义方老师总是像家长一样，对我们关心爱护，严格负责，为我们的成长保驾护航。这些老师们为小莉树立了榜样，也让她实实在在地明白了怎样做才算是一个好老师。他们的言传身教对今天同样在大学里当教师的小莉来说，都是宝贵的财富。

"友善向上"是黄淮学院的同学们给小莉留下的最深印象。当年，母校第一次面向省外招生，我们大部分同学都来自河南，个别同学来自江西、云南、广东等地。开学后不久，系里通知大家去领教材，十多本专业课书抱起来都快到胸口了，着实很沉。来自云南的瑞林见小莉搬得吃力，坚持让小莉把其中几本放在她的书上，她弯着腰笑着说"没事，没事"，最后一直帮小莉把书从中文系搬到6楼的宿舍里，小莉就这样跟在瑞林同学身后，感恩着她的善良。这个画面小莉一直记得，也因此对云南同学的印象都很好。大一的计算机课上，来自江西九江的祥颖、旖婷说着他们的方言，因为跟小莉家乡的方言相似而被她误以为两人是自己的老乡。也因此机缘巧合，两人叫小莉大姐，三人成了好姐妹。后来小莉又结识了两个江西的好姐妹阿瑾和阿欢，她们在一起时而欢笑，时而吵闹，那些时光着实美好。她的室友们都是河南的，寝室长海霞、大姐岩岩、像姐姐的"小妹"芳芳，还有丽丽和翠萍。不同性格和爱好的女孩们，共同学习、生活在一起。大学的住宿生活也是小莉的第一次集体生活。她记得，四年间，室友姐妹们帮她上课占座位，去食堂捎饭，也记得她们有过争吵，更记得姐妹们对她的包容。时光未曾带走她们的情谊，即使在毕业多年后的今天，再与室友姐妹们聊天，小莉也仍然觉得像当年一样，没有丝毫尴尬和陌生感。在好姐妹阿欢的介绍下，小莉认识了考上华中师范大学文学院研究生的2004级学姐艳姐。在大四复习备考的国庆假期，艳姐回到驻马店特地来学校看小莉，大概是见她复习没有找到方法，主动提出把小莉的专业课本拿去划重点。等还回来的时候，厚厚的两本专业课书上被学姐用红笔标注了详实的复习重点，这给了小莉莫大的帮助。那天晚上10点，小莉目送着学姐骑车远去的背影，心里感慨万千。这一切，都是黄淮人的真诚与友善。

小莉还想起和她并肩作战的考研小伙伴步步、阿珍，而她和我的友谊也是始于大四考研后，因为刘景秀老师邀请我们一起给2008级的学弟学妹们分享考研经验。除了友善，同学们的身上还有股向上的劲头，这让小莉多年后依然感动。当年的学习环境艰苦，夏天的宿舍和教室没有电扇，冬天没有空调。每到期末考试，我们就去食堂复习。食堂的大叔大妈们切菜"咣咣"响，我们捂着耳朵背书，他们一边干活一边笑着夸我们学习刻苦，不愧是大学生。不一会儿，饭的香味就飘出来了，我们的肚子也饿得咕咕叫。正是凭着这股向上的劲头，我们班的娜娜同学考上了河南大学的研究生，小强被西南大学对外汉语教学专业录取，亚玺跨专业考上了西北政法大学法学专业，还有岩岩、魏公子、磊哥等很多同学都考上了研究生；近十人考上了公务员；老苟毕业不久就当上了校长；阿欢的英语很棒，她曾代表我们中文系参加了全校的比赛，毕业后也在利用自己的外语特长做着心仪的工作。

跟随着小莉的回忆，这些人和他们的故事一幕幕再现在我的眼前。他们都是我最亲的同学。毕业十五年后，我们虽没有常聚，也很少有机会能再见面，但小莉还能逐个念叨着。我这才发现，原来小莉是这样一个重感情的老友。

毕业后，小莉虽没能常回母校看看，但时常关注着母校。她说："如今的黄淮学院，有了更快、更好的发展，我们的中文系也变身为文化传媒学院。因为工作的原因，我有幸与母校的吴建民老师以及几位学弟学妹重逢，再见亦更感亲切。而他们也如同当年的老师和同学们一样，让我再次感受到家人般的温暖。感谢时光，让我在这段岁月里遇见了众多良师益友。纸短情长，言不尽意，我将把这段时光永远珍藏。"

纸短情长。这段写给黄淮的文字充分见证了小莉对母校的感情。小莉回忆，想当初这一切都始于那个"幸运"的决定。

之所以小莉觉得自己幸运，原因有三。其一，她的高考成绩超过二本线，但由于估分不准，加上志愿填报失误，第一志愿未上线。也正是第二志愿黄淮学院的录取，才让她不至于志愿滑档，无学可上。其二，小莉的父亲是一名中学教师，从小她的家就在学校里，每天耳濡目染，让当老师早早地就成为小莉的梦想。2005级的汉语言文学属于师范专业，这也让她离自己的教师梦更近了。其三，当时的黄淮学院是刚刚升格本科的院校，来到这里的同学，或多或少都有些不甘，都想证明自己。中文系为我们请来河大、武大的教授给大家上专业课；其他任课教师也都是985、211高校的毕业生；辅导员袁义方老师更是从我们大一入学开始就抓起学风建设。学校、老师都尽心尽力地引导、教育着我们，让我们开阔眼界，增长见识。最重要的是，为我们未来能去更好的地方、成为更优秀的人指明了方向。因此，从这三个方面来说，小莉对母校充满感激，认为自己很幸运。

大学期间，小莉做过无数次回老家复读、最后没考上二本、连黄淮学院都没录取的梦，这个梦一直到考上研究生才未再做过。在她老家，小莉不是第一个大学生，也不是第一个本科生，却是第一个研究生。从黄淮学院中文系考上华中师范大学文学院，对小莉和她的家人来说，都是一件值得高兴的事情。这一切，正是得益于大学四年学校的培养和她自己的努力。

人还是要有梦想的，万一实现了呢？十七年前，小莉在一张散发着香气的面巾纸上偶然写下的一段文字，成了她人生的剧本。每个人都可以书写自己的传奇，关键是如何把人生这场戏演好，把文字落实。

lao

老

er

活成了大多数

　　老二是我一直想采访的一位，他身上有太多我想知道的事了。比如是什么原因让他一个大学毕业生在我们多数人心高气傲的时候甘心"俯身"去超市工作；又是什么动力让他一干就是十多年，任劳任怨。

　　采访进展得并不顺利，这出乎我俩的意料。因为我们是同一个宿舍的兄弟，彼此熟悉，以前聊天如竹筒倒豆子，畅聊无歇，现在却有点像木棍捅水管，不捅不通。我知道一部分原因是我不会采访，但我想这应该不是主要原因。是老二不想聊吗，也不是，是他正在忙着手上的工作，是他到了一定阶段、一定位置，有了一定的思考。他成了我们当中的大多数。大多数人到了一定年龄，拥有了一定身份，必然会呈现一种面貌。这个面貌如何，不好归纳，或成熟，缄默，往事不恋，未来不期；但也好归纳，看看我们身边的大多数就是了。

我问老二为何会选择在与汉语言文学就业方向交集甚少的超市就职。老二说，大学时他忙着谈恋爱，考研也没成功，就顺其自然地就业了。他当时没想那么多，看到有家超市来学校招聘，就把自己送进去了。这家超市在驻马店很有名，因为我们太熟悉了，所以我想不到辛辛苦苦读了四年书，最后去了一个自己经常去购物的超市上班的理由。在我的认知里，我还有着"万般皆下品，唯有读书高"的旧思想，所以接受不了老二的"下嫁"。但现在回头看，毕业前夕正逢就业凛冬，我们的学历自入学之后就已经开始"贬值"。老二说，当时和他一起入职超市的有好几个本科毕业生，也是一干就是好多年。我们都非名校出身，坐井于小城，没有耀眼的专业和强竞争力的技能，也没有家庭背景和其他资源。老二的选择，也是大多数拥有相同境遇学生的选择。

入职超市之后，老二干了十多年，我佩服他的勇气和毅力，同时又有了新的疑问：为什么一直没有跳槽呢？我思考起来，又好像在自己的身上找到了答案。我在2013年来到上海工作，那时候压根没想过要待下去，因此户口也没有迁（当时是有机会迁的）。然而，工作如同挖井，每多干一年就挖深了一点，慢慢地我发现，现状离自己的梦想好像越来越近了，也就没想过另起炉灶。而多年的工作也像绳索一样把我捆扎在这里，每多待一年就被多扎了一圈，资历、待遇、房子、家庭、人脉都一层层地捆绑过来。茧房已成，我不愿脱皮掉肉，从这里挣脱出去了。就这样，我也干了十多年，也没能走出上海。老二亦然。他想着头两年先干着，积累经验。后来好不容易来到中层，家安在这儿了，业务上手了，应酬也多了，责任更重了，谁还愿意跳出这舒适圈呢？虽然入职十一年后老二跳出了这家超市，换到的另一个单位也是超市，但读的书变成经营管理类了。

老二说，我应该去采访我的研究生同学，因为他觉得这些人更多样、更典型，能够纵深展现我们这一代人的成长历程。相比之下，本科的同学太过单一。我说是的，我们一个班的同学们简直就像一个人，但须知我们才是大多数。普通的学历、普通的生活、普通的发展，而且人数庞大。所以我们既是大多数，也代表了大多数，因此我才从我们的大学同学入手。

老二的老家是驻马店平舆的。他当年的高考成绩和大家的差不多，都是五百三四十分。因为他的同学在上一年考上了黄淮学院，所以他也就报了这个家门口的大学。用他的话来说，这个分数很难找到一所像样的大学。而且他还说，他的第一志愿是随便报的，填的清华——这样的事其实我也干过，就图个过瘾。

毕业后的老二还是在驻马店工作，在驻马店买房，在驻马店结婚。读书在哪儿，工作在哪儿，安家就在哪儿，这也是多数大学生的首选，似乎是顺理成章的事儿。

我问他，读书对自己的家族有没有什么影响。老二说我想多了；但我说他谦虚过度了。父母那一代在家务农，如今自己在城里站稳了脚跟，给孩子一个和自己截然不同的成长环境，这怎么不是读书的影响呢？它是革命，是家族的荣耀。他想想的确如此。

回看自己的发小和中小学同学就一目了然。他们大多数还在重复着上一辈的生活，种地，打工，婚丧嫁娶也还是和周边的那几个村的人交往联络，多少年都没能走出自己的县城，根越扎越深。而他到城里读书并留在城里，这也算阶级跃升吧。老二买的房子与母校为邻，这是很多同学都羡慕不来的。尤其是外地的同学，毕业后想回母校看看都是奢望，而今他下了班还能去校园里跑跑步，是多么幸福的事儿。不过老二自己并不这么看。他说毕业之后很少踏足校园了，母校之于他就好比一处旅游景点，走过了也就过去了，何必再三流连。事实上，并非老二无情，这确实是现实。其实大多数人每日奔波尘世，俗务缠身，着急眼下。老二是多数派，像水木年华那样一直歌唱青春者却为少数。少数常听常感，多数习以为常。大抵如此。

自从老二入职了超市，大学学到的东西基本也就没再用过了。老二说他的书在老家放着，都没再看，偶尔只看管理类的书籍和小说。听到小说，我觉得老二还年轻着，还有闲暇。而像我这种天天守着大学图书馆、忙着备课、读文献的人，是半刻钟也舍不得看小说的，更多的原因是我太急功近利，急于在专业上取得突破。

读书有什么用呢？老二说出了很多人的心声，他说：书不是药，没有那么神。

我们从小就觉得读书很重要，教育内外都充斥着要读书的思想。这也造成我们很容易忽略两件事：一是"尽信书不如无书"，只读书，信奉本本主义和教条主义，更容易成为书呆子；二是

"纸上得来终觉浅"，容易"四体不勤五谷不分"，变成不切实际、脱离实践的不食烟火者。其实这不是书的问题，是人的问题。会不会读书，读到什么境界，书对人能产生多大的作用，是因人而异的。从这个方面讲，书是药，它有用，就看对不对你的症了。如今大多数人是这样的状态：书读了没用，药吃了不见好。总之，方法不对，剂量不够，还得继续。只是大多数人半途而废了。

大学期间的老二长发飘飘，帅气俊朗，闷不吭声地和我们班的美女谈恋爱了。我问他当年是怎么想的，他说没想过那么多。因为我是那种瞻前顾后的人，会考虑对方的身高、性格、家庭等，还会设想要是带她回家，爸妈会有意见吗，村里人怎么看……总之我是个活在别人眼里的人，这导致我一切行动都畏首畏尾、束手束脚的，难以有为。老二与我截然不同，他的性格受家庭影响，他总结为"穷人的孩子早当家"——这也是大多数人的状况。虽然我也一样，但行动力差。他说能自己做主的事就不让大人掺和了。从小到大，尤其在升学的各个节点，家人不懂，他只有自己拿主意，这也培养了他独立的人格。其实这也是大多数农村学生的经历。我爸爸妈妈虽然不懂我的那些事，但威严还在，有时候我还是需要听一下他们的想法，虽然可以不履行，但要听。"五色令人目盲，五音令人耳聋。"所以我一直很犹豫。

2015年老二结婚，我们相识十年，宿舍的兄弟们得以重聚母校，感念青春。当时他已经发福，如今再见发福似更甚了，昔日的尖下巴成了瓜子肚。他说以前在业务部门忙应酬，一周能喝四天酒，喝到夜里一两点。如今的老二与大学时已大不同，那时候的他腼腆、安静，窝在宿舍捧着《苏东坡传》，过着"琴诗聊自啸，丘壑复相留"、少与人来往的潇洒自娱生活。

但那又如何呢，老二和我，和其他人一样，就是这样的大多数。

xiao
小

qiang
强

平凡的倔强
草根的成长

　　小强是河南周口人，家在农村，学习很刻苦，人很有毅力。2005年，他是高中全班唯一一个以应届生身份考上本科的"状元郎"。大学四年，他没谈恋爱，节约时间，节省金钱，继续刻苦学习。平时的成绩虽不是很突出，但考研的成绩还不错，成为全班唯二的考取211名校的学生。之后他去往海外教汉语，走过印度尼西亚、格鲁吉亚、厄立特里亚、柬埔寨等国家，成为班里走得最远的人。在国外工作期间，他工作，游历，写作。因为他有记录自己经历的习惯，所以"采访"他的资料很丰富。为了保证客观、真实，将主观评价的权利留给读者，所以关于他的资料，我都取自其文章，如"小强的18岁""小强的高考""小强的考研""小强的出国"等。希望通过他在人生关键节点上的故事，让读者能一步步看到一个普通大学生的成长历程。

　　让我们一同走近这个热血而又矛盾的青年吧。

小强的 18 岁

不知不觉已步入2004年。不经意地一算令我吃惊：我已经18岁了。

18岁了，成人了，这意味着什么？哥哥在这个年龄已定好了媒，小叔早已下学打工，韩寒已出版了小说《三重门》。而我呢，在做什么呢，该做什么呢？听说外国的孩子到18岁后父母便不管了，一切自食其力，而我呢？我依然在伸着手向父母要钱。虽然他们没说什么，一如既往地支持着我，但我不情愿了。我的同龄人都已让父母品尝到了他们的劳动成果，而我在爸妈眼里还是个孩子——靠父母养育的孩子。

18岁了，对镜自视，已长出明显的胡子，这给了我极大的震撼——我确实长大了。可眼前围困着我的却还是书——早该抛弃的书。我想，现在我的眼前应该是我的劳动所得，而不应该是这些父母为我买的东西。

18岁，陪书度过的18岁——不应该这样的18岁。

小强的打工记

2004年7月，高二暑假，我被人介绍到高峰快餐店打工。老板叫我掂菜、择菜。还有个总管，很喜欢命令新人，他叫我干啥我得干啥。近上午11点我才吃上早饭——一盆菜、一筐馍。

早饭还没吃完，来客了。大厨开始做饭，我们开始打扫卫生，并把弄好的原料端到一楼的柜子里。倒霉的是由于地刚拖好，我脚底一滑，一下子摔躺在了楼梯上，硌得站不起来，两眼直冒金星，胳膊也出血了。老板忙问我碍不碍事，我说不碍事，其实现在腰和屁股还疼着。

下午2点又吃饭了，我当时并不饿，况且饭又很难吃——一碗黄瓜凉面条，我仅叨了两筷子，喝了杯扎啤就结束了。

我趁空回了一趟家，返回时店里已来客了，于是我又马不停蹄地跑到厨房传菜。天很热，我站在楼道内，专候里面叫"传菜"。在昏黄的灯光下，转来转去，转得有些晕。没什么活儿的时候我会背俩单词。因为没凳子坐，累了就蹲下，麻了再站起来，久了脚底板生疼，几乎失去知觉，难以直立。下楼时，不忍让脚落到楼梯上，想起那黑铁窄陡的楼梯就吓得脚疼。一个又窄又小的楼道，一盏暗黄不红的灯，这里根本无风，只有厨房里的热风袭人。身上黏糊糊的，衣服又湿又脏，没有一块好的地方。我不停地用袖子擦脸上的汗，因为没有毛巾。我想吃饭的客人见了我这样的服务员应该也没多少胃口了。每当大厨那边一喊，我这边就是再困、再累、再不想动也得跑过去。有时候趁空钻进包间，能坐在椅子上就感觉很舒服、很幸福了。虽然里面有空调，但我不敢开，怕老板来了批评我。有时偶尔开一次，冷风还未吹出来便赶紧关上，带上门跑出去候菜了。时间在一道道上菜间流走了，在一声声叫喊中逝去了。转眼间已近夜里12点，我吃点馍和花生米，一顿饭算过去了。

这还没有结束，我还得上楼去倒垃圾、泔水，去拖地，抹锅台。到对好桌子（用桌子拼凑成床睡在餐厅）睡觉时已将近凌晨1点。老板把灯都关了，仅留了一盏亮着，然后关上了门。当老板把门拉下的那一刹那，我叫了几声，但她没听见。当时我特别想离开这儿，去找我弟弟和室友。餐厅里空荡荡的，风扇虽开着，可我身上被汗浸得难受，多想冲个澡啊。脱掉臭烘烘的鞋袜，总算给脚自由了，让它热烈地吻着新鲜的空气。脚啊，我辛苦的老弟，真苦了你了。我真不忍心看它一眼，不知道脚后跟被磨厚了几层茧子，脚趾头被磨得有多光，脚和泥和得有多黑，总之我感觉这脚我认不出了。此时的我好像从骨子里一直酸到了皮，那种倦累的感觉无法用语言表达。多想给脚按按摩，哪怕是踩着搓衣板；多想给脚泡个澡，哪怕是凉水澡。然而都不能，这里连洗脚盆、拖鞋都没有，只有含泪将就一下，一手心疼地搓着，一手用杯子往脚上浇水。可它却感觉异常舒服，好像享受了什么高级的服务似的。我禁不住地边搓边为脚兄叫苦。澡是冲不上了，但由于浑身难受只得想想法子。我脚踩在凳子上，用湿毛巾擦擦，也只能如此了。更何况已经很晚了，我早就困了，还是早睡吧。

第二天只听"哗"的一声，恍如梦中，翻翻身一睁眼，看到老板已把门打开。天亮了。我赶紧起来，然后去拖地，摆桌子，择菜，又老调重弹。当时是7点，近8点时其他同事才来，我感觉我的权益受到了侵害——还没到上班时间就开始工作了。于是寻故跑了，到9点左右才回来。

"端菜！"大厨厉声喝道，我和另一个服务员立马跑过去。虽然大部分时间大厨推出来的只有一盘菜，但慑于其威严，我们不敢怠慢。送上一盘刚回来，只听又一声。于是我们赶忙站起，推门而入，一看厨子正在炒菜，还未入盘，也只有待在那儿专候。菜入盘之后，我们开始忙着端。"搁那儿！"厨子大声喊道，我们的魂都快给吓跑了。只见他又捏了荆芥放在上面。我们只得心里怒道，"谁知道还得添点东西，端慢了你又该训'打算等到凉了再端？'"。我擦擦盘边儿，正要端时他又下命令了，我没听清要干什么，也不敢端走，只傻呆呆地听下一声训斥。听清楚之后，又赶快去找抹碗水巾。可急得冒汗就是不见水巾。女总管看不下去了忙用擦脸毛巾擦擦随即端了出去。下一盘端的是炸鱼块，由于递得慌忙，总管把鱼弄掉一块儿，她忙拾起吹了吹又放进了客人的盘里。

收盘时，由于盘内倒得不干净，剩下几片菜，总管劈头盖脸地把另一个服务员训了一遍，怪他这么做把下水道给堵住了。其实盘子不是他收的，他只是端而已，他感觉自己确实冤屈，就与总管顶撞了几句——早该顶撞，我也看不惯她那种做法——这回厨子也来训他，总管又叫来老板娘把他开除了。

我名义上是个端盘传菜的，可他×的啥活儿都叫我干，动辄还要拿撵人来吓唬我。厨子经常又是摔锅又是撂碗的，把我吓得时刻都绷得紧紧的，不敢有半点松懈。就是困，也不敢挤眼。晚上客人走了，我开始打扫卫生，虽然其他饭店都有打杂的，但这个小饭店不同，叫你干啥你干啥，稍有不顺就得挨骂。大厨让我把盆里的垃圾捞出倒掉。我拿起他做菜的笊篱就开始捞，还没捞几下，他便大叫开了，我装作没听见，他又说了一遍："你没听见我说的话吗，谁让你用笊篱捞的？"我说人家都是用这捞的。

"谁？"

"他走了。"

"谁！"

"刚被你们赶走的那个服务员。"

"好了，我饭也不做了，笊篱也不要了。"

这下可把我吓坏了，我生怕他不干了。我若把他气走，可惹下大祸了。他若让我赔一个笊篱咋办。我只得赶紧给他拿去洗洗。"你咋那么干净？俺老板娘还用手捞哩，你就不能用手吗？"我忍气吞声地给他刷着笊篱，我以为这是餐厅不成文的"黑幕"：大家都用做饭的工具来处理垃圾。"我不是老板娘。"我心里说。后来我转来转去也没找到合适的工具，他们也不让旁人干，我只得用手捞。我手上缠着塑料袋，插入脏兮兮的垃圾内，刚捞一把，一股刺鼻的臭味袭来。我强忍着，背过身，一把把地捞。菜皮、酒瓶、筷子、塑料袋，脏兮兮地和了一满盆。我的手又黑又臭，全身又热，真难受。手上的塑料袋子也许被鱼刺、骨头之类的扎破了，脏水进了袋子，我又痛又恨。

大的捞完了，还飘着几片茄子皮，我走了。第二天一来总管就训我，说我走得早，说我没把活儿干完。

"考不上大学我不姓左！"他×的这样待人，我对大厨这样说。

于是干到第四天我就被炒了鱿鱼。那天由于起得晚又贪看了会儿书，到饭店时旁人都已经到了，老板便怪我，又把我的不是给罗列了一串，并说"现在不需要这么多人了"。我想说但又无话可说，又恐失了面子，再说自己正不想待在这儿了，只因不好开口要工钱，故未走。"那……"我不好开口，老板说："你干几天我给你拿几天的钱。"我见老板手里拿着钱，但不知多少，也没细探。老板继续说："咱这儿试用期一天给你开7块钱。"我一听大失所望，知其失信。初来时她说给我开300块，即一天合10块钱。我欲开口盘问，又想亦无字据。想到自己贪于学习，干活时也抽空在学，他们也看不惯我这做法。"算了，多少咋着。"我气愤地说着，装了钱，转身边走边说："老板，我考上大学来给你捧场。"此乃气话，也是承诺，她也挺礼貌地说："好好学习啊！"

回家的路上，我想为亲人买点儿东西以表孝心，因为这是我第一次挣的钱。走到街上，先见到个卖大饼的，于是买了一块儿。又买了三斤桃，二斤荔枝，一挂香蕉。

小强的高考

我是2005年参加高考的，而且只考过一次。这不是炫耀，在我们那竞争激烈的高考大省里，读"高四"的大有人在。

高考后，大多数同学都去复读了，而我是我们班唯一一个考上二本的应届生。老师也动员我去复读，明年再考个好一点儿的大学。学校也以免学费、给奖金为策略，吸引我去复读。但我终究没有勇气，因为高考一年只有一次，谁知明年是风是雨？

其实拿到通知书的那一刻我一点儿都不开心，因为我的专业被调剂到了最不喜欢的汉语言文学。在当时同学们的眼中，这个专业将来是要做语文老师的，但有几个高中生是喜欢我们的语文课的呢？我闷闷不乐，但又信心满满地宽慰我爸："放心等吧，还有个天津工业大学的大专通知书没下来呢，下来后我去读那个大专。"天真而又无知的我不知道，一个人只能接到一份通知书。大专通知书没等来，我最终还是带着被子，在爸爸的陪同下去读了本科。

当时的我有多无知，当时的信息有多闭塞，是现在的考生根本想象不到的。"考得好不如报得好"，对此我深有体会。

当时提前批的军事院校需要到洛阳体检，我因没出过远门而放弃了这次机会。填志愿时，连个懂行的人都没有。全家人里最高学历的是初中，肄业。村里有两个年龄稍大一点儿的大专生，但没有他们的联系方式。我想，老师应该是最后的救命稻草了，可带我们的班主任老师是第一次带毕业班，很多情况他也一问三不知，更奇的是填志愿那阵子他干脆消失了。我们明白，他怕担责任，所以也就知趣地不再问了。在操场上，我偶然碰到了我高一时的班主任，他说"你的成绩报周口师范学院最保把[1]。"可心

---

① 保把为豫东方言，意为安全。

高气傲的我从中揣测到了嘲讽，或许他没有这个意思，可那时敏感的我却品到了。当时在我们同学的眼里，周口师范哪里是大学啊！所以一气之下，我暗暗做了不够理性的决定：同等条件下，报哪儿都不报周师。校名起得不好的、带师范字眼的统统被我排除在外。所以第一志愿我报了西华大学，因为是"大学"，不是"学院"，而且因为它在成都，我在河南，可以出省，看看不同的风景——因为我们那儿一马平川，连块石头都没有。第二志愿是黄淮学院，因为它名字听着大气，更主要的是我也不会去那儿上，因为我当时觉得读这样的本科还不如读一个好大专。报它也是为了1 000元的奖金。因为当时我所在的高中规定，凡是拿到本科通知书的，都奖励1 000元。记得那是我人生第一次有这么多钱，看到校门口有几个学习不好的人，都以为他们想打劫我，所以钱还没捂热，我就给了我爸爸。也是为了这1 000块钱，我最终在黄淮学院度过了我四年的大学时光。且不说这个决定的好与坏，单就当时的决策来看，简单、粗暴、贪小便宜，直接影响了我后来的三观，所以现在我做决定前，时刻提醒自己"贪小便宜吃大亏"。

　　后来志愿填好后，我想去了解一下西华大学是什么样子。同学告诉我用百度查，可我不知道什么是百度。大一时，刚学电脑，老师说你们的作业要上传，我心里还犯嘀咕：上船？上哪条船？

　　大学专业没调成，现在看，我是喜欢这个专业的，只是当时被各种声音影响而无视了自己的兴趣。记得大四考上研究生时，系主任跟我说："当时没同意你转专业还是对的吧。"所以囿于年轻时的视野,有些决定不一定是正确的。我一直喜欢语文,后来喜欢上汉语言文学这个专业也就不足为奇了。高中时,学的最轻松的科目就是语文,还拿过几次第一。最差的要数数学了,高考时的数学考题又超难。下了考场我就觉得今年完了,当一个同学说"我想哭"时,顿时安慰了我。我想,要难,大家都难。第二天又继续平和地去考了。

不过在考前还是遇到了点儿岔子。一个陌生学生拿着一瓶水跟我说:"咱俩坐一块,考试的时候你可得帮我一下。"水我没要,也不打算帮。但却被搞得胡思乱想了很久:他扔纸条怎么办?他是不是和监考老师认识?他打我怎么办?我要不要带上家伙……后来是毛主席的一句话安慰了我——一切反动派都是纸老虎。

记得刚入高中时,校长让我们填三年后的高考目标。当时很多人意气风发,也有不少人就图个过瘾,所以一大堆人填北大、清华。而因为崇拜周总理,我填了南开。后来,随着对自己的成绩和学校的实力越发了解,我的目标也渐渐降至本科。因为按我当时的理解,本科是学院,不是大学。现在想想当时的我真是孤陋寡闻啊!

到了高考查分的时候,我在家里打电话查,爸爸、妹妹在一旁等着。打第一遍的时候,号码有误。再拨时紧张到手抖,屏息静听,突然听到"对不起"时又吓了我一跳,原来是线路忙。后来得知是529分时,我不敢跟爸爸说,因为我估的是546分。我感觉有些失落,当时整个房间里的气氛都很紧张。后来爸爸提醒我,问问老师有没有够到本科分数线，当从老师那得知那年文科二本分数线是522分时，整个家里的空气顿时变成了喜悦。

现在我翻开当年6月26号的日记，发现挂住分数线之后我给我哥"报个喜"都写成了"挂个喜"，可见那一天有多激动，我有多在乎这事儿了。

高考已过去多年，可高考二字对我来说，仍是重要、温馨、紧张、幸福、害怕、难忘、自信和荣耀的代名词。

小强的大学

因为我读的不是"大学"，所以一直有个心愿，那就是走遍中国的大学，走遍211大学。如今，大学行记系列已写下数篇，我正在实现走遍大学的心愿。黄淮学院是我必须要写的，虽然和其他高校不太一样，但当有此一笔——因为它是我的母校。我在那里生活了四年，对它无比熟悉。

关于母校，可以写的东西太多，在此我只想聊聊母校的校园和我重回母校的一些感悟。我已走过母校无数遍，今天的母校行，我想以一个游客的身份来重新关注她。

我心目中的中国最美大学是我的本科母校黄淮学院和我的硕士母校西南大学。这么说当然不完全是因为对二者有感情。可以这么说，黄淮学院甚至比西南大学还有优势。它地势平坦，交通极为便利；驻马店适宜的气候也较重庆的阴冷湿热更讨人喜欢。黄淮学院的格局也比西南大学的方。西南大学有些长，像个鞋底，黄淮学院则没那么长，两个校区像被打开的书，一区一页。西南大学美在山水，黄淮学院则美在人为。

黄淮学院的主校区分南北两区，中间隔着一条马路。南区偏文，北区偏理。南区美在其拥有壮观的图书馆、崭新的大操场和浓厚的艺术气息；北区美在其拥有一湖碧水、一座土山和豪迈之风。两个校区不分伯仲。西南大学由原西南师范大学和原西南农业大学合并组建而成，两校比邻而居，推倒围墙，合二为一，既大又美。

黄淮学院的大门堪称最美。南区可以说没有门，巍峨的图书馆就是大门。北区是古典风格的立柱飞檐，壮观、敦实，是由建工系的师生在20世纪90年代初灌注的。西南大学的立柱式大门也很亮眼。当然，其他大学的大门也能用极美来评价，比如清华二校门、武汉大学牌楼、苏州大学东吴门等。

2015年7月1日，老二在驻马店举行婚礼，这给我们老同学提供了一次重聚的机会。那一年是我们相识的第十年，也是我毕业六年后首回母校。

这六年里，在飞速发展的中国，一个城市的改变足够称得上翻天覆地了。走在昔日的开源大道上，我很恍惚：以前的会展中心、市政府大楼、天中广场怎么都跑到市中心来了；昔日荒凉的广场至学校一线怎么变得如此热闹……我一再告诉自己六年已过，我迫不及待地想赶往母校看看她今日的容貌。

6月30号下午，我见到了发福的老二，昔日长发飘飘的帅哥已成为虚胖的汉子，眼角明显增添了一丝岁月的痕迹。明天就将成为新郎的老二决定陪我们一起去母校看看。他说，母校虽与他的家只有一路之隔，但毕业后几乎很少再去了。

我、老二、老三三人带着不同的心绪走进母校。我似乎是最激动的，总觉得在这里的每一刻都很神圣，我想记录下来这一切，想向母校诉说我全部的爱与思念。老三，曾经宿舍里最疯狂的人，如今变得淡定多了，他夹着公文包踱着步，不禁让人以为他是来考察的。老二作为东道主，他这次不是回母校，而是陪客人。

母校今非昔比，从前荒凉的小路如今绿树成荫，看着学子们或漫步，或骑着车穿行其中。我满脑子都是当年我们头顶着大太阳来往中区和北区的身影。那时对学校的不满与抱怨如今都被酿成了甜蜜的祝福，我很想把这些祝福送给这些小师弟师妹们。此刻，我看着他们，感到很幸福。

路上，我们遇到几个学妹，向她们问了问文学院的近况，又聊到了老师，发现我们连彼此共识的老师都很难找到。

物不是、人亦非，为了找寻昔日熟悉的风景，我们向北区走去。用老三的话说，那里是我们的主战场，因为当年中区刚建，南区太远，北区成了我们生活了四年的大本营。

一进北区，那标志性的、复古又霸气的大门还在。一见到它，当年来报到的感觉又回来了。门口的石狮子还在那儿蹲守着，人来人往它未必能一一细数，但还是六年前的那个模样，不怒不喜地迎接着我这个涌动着思念的老朋友。

　　然而，进了校门之后，好像进的不是自家的院子。昔日门口两边的标志性红楼已被粉白，正对着校门口的图书馆也被加高翻新，完全看不出往日的容貌。我不愿相信这是当年的那个熟悉的校园，可图书馆门前的那块大石头告诉我，这就是昔日我常走的门口干道。那块石头叫"孔子石"，因为上面有一个天然成形、黑须溜胸、衣袂飘飘的老者形象，故得此名。当时的我怎么也看不出来孔子的人物形象。娄源功老校长还曾言，即便有人出价10万元，这石头也不卖。今天，我再打量起它，竟一眼就看到了孔子的形象。看来当初是修行不够啊。

　　从门口干道走向当年主战场的核心——6号楼。毫不意外，6号楼也被翻新了，不过当年院内的红地板砖还在。我依稀记得和古代汉语老师在6号楼聊天的内容，他说他来学校教书时，6号楼楼下还是泥土路，没有红砖；我又想起和世界文学史老师在楼上聊天，他关心我考研的事；更有和辅导员老师的无数会面；和同学们搞辩论赛、演话剧后的合影，以及考试、班会等数不清的活动，都被6号楼记录了下来。今天的6号楼前的草坪（曾是当年我们学校里质量最好的一块草坪）则被翻掉重植了，却感觉没有以前那么好看了——当年那绿得醉人的草坪依旧深深地烙在我的脑海里：那里有大雄和丹丹背靠背坐在草坪上的合影，以及同学们穿着学士服定格的青春，都是我抹不去的回忆。

　　7号楼被称为建工系的专属楼，我们以前常到那里的阶梯教室上英语大课。对于我来说，7号楼有着特殊的意义，因为那是我备考研究生的战场。选择在7号楼备考是因为它离我的宿舍近，房间的保暖性能也比6号楼的要好，所以，我就在这里和其他系的考研战友们安营扎寨，奋斗了无数个日日夜夜。记得在备考的紧张日子里，有一段时间我对坐在我前面的一个英语系的女生产生了爱慕的感觉。往事只能回味。在这里我还认识了一群好哥们——后来考上新疆农业大学的凯子、四川农业大学的小田和河海大学的大锤。

8号楼是国际学院的教学楼，也是当时我们学校最华丽的一座新楼。我们大一入学时它刚建成，门口的建筑垃圾都还没有清理干净。当时读了大学的我们多少觉得自己还很牛，为了向家人、朋友炫耀，我们都会挑学校的"门面"和最好看的景来展示，8号楼自然成为首选。还记得在一个雪后的冬日，我们宿舍六个人加上老六的女朋友一起在8号楼前留下了我们的第一张合影。今天再看当初的青涩脸庞，令人感慨万千：老六身边的女生最终没有和他走到最后；老大结婚最早，可室友们一个也没能到场；老五也因照顾孩子而缺席了老二的婚礼。

逛完了教室，我们又去了操场、食堂和后山的"爱情小路"，当初四年走遍的角角落落这次又被我们重踏了一遍。在操场上，我们还借师弟的篮球耍了一把，当初打球的主力老三如今都跑不动了，昔日的得分王老五也不在，我却凭借弹跳优势成了今天的篮板王，让身边的两位都惊呆了。老二，昔日的乒乓骁将今天依旧在篮球场边远远地看着，他负责为我们录像。

后山有我们当年辛辛苦苦种下的树，树干上还刻下了我们的寝室号码102，当时刻下它就是为了在若干年后还能回来寻看。今天，我们当然迫不及待地想去看看它。走到后山时，发现后山更漂亮了。湖水多了，多出了廊桥和石头，我们种下的树却彻底消失了。此时，我看风景的好心情也少了大半，我们的心血和热情只留在了记忆里。一些石头上却还"躲藏"着不少某某某爱某某某的字迹，不由得让人感慨，永远有人正年轻。

我们后来又去了龙湖苑餐厅，这也是当年我们学校最体面的餐厅。经我提议，我们一起在餐厅吃了顿怀旧饭。下了班的文举、小佳、芳芳等老同学也都赶了过来。大家都点了当年最喜欢的小菜，苦瓜鸡蛋、红烧茄子、酸菜鱼……喝啤酒对瓶吹，依旧是那么豪放。老三放得更开，直接脱了上衣开怀畅饮。当我们把大伙聚会的照片发到同学微信群里时，引得外地的同学们啧啧称羡。还有女同学调侃，请老三同学穿上衣服。

酒足饭饱后已是夜深时分，大伙溜达着走到操场坐了下来。回忆往昔，都觉得当初的大学生活太过平淡。聊着聊着，大家开始互抖恋爱"黑历史"，比如我重提老三当年在广场的旗杆下向女孩表白的故事，至今我仍很羡慕，因为真心觉得这是男子汉的行为。泰戈尔说过，沉默是一种美德，但在喜欢的人面前沉默，便是懦弱。后来我们又换了话题，聊到了女孩心目中的帅哥排名，魏公子、老三等都入了名单，我今天竟然也是第一次听说。更令我感到惊喜的是，芳芳说我也能进前五强，我的自信心暴涨起来，可惜知道得太晚了。大伙跟着我们笑了起来。

夜阑人静，走出校门的那一刻我们看到了还在值班的门卫。想当年，多少个深夜，我们或嬉笑而归，或烂醉而回，或大叫着开门，或翻墙而入，但校门口的那盏灯永远为我们亮着，远远地望去是那么的温馨。

今晚将注定永远留在我们几人的记忆里，因为这是我们又一次一起疯狂的青春。

小强的老师

我特爱怀旧。有一回忘了是因为什么，忽然想起大学的古代文学老师王利锁老师。他身材高大，讲课时散发着艺术的魅力。当年的他就已是名师，现在网上也能查到更多他的信息。多年之后的今天，在思念与好奇的催动下我搜索了他的信息，在看到他当下的照片时却惊到了，老师"鬓已星星也"。静思之，原来一晃十年已过。

2007年，我在黄淮学院读大二，学校主动延聘了诸多名师给学生们开阔眼界。其中有一位就是河南大学的王利锁老师，他给我们讲古代文学。我印象最深的一课是《史记》里的《魏其武安侯列传》，当时我是不敢看这篇课文的，因为它不仅冗长，而且人物关系复杂，我根本读不懂。这么难的一篇，老师要怎么讲呢？我担心老师可能会讲得枯燥，事实却是老师给了我惊喜：条分缕析、脉络清晰，故事完整、冲突迭起，其文学造诣及成熟的教学方法让我折服。有一回，他给我们解释"狼顾之相"这一典故，还特意站在讲台上做出回头的样子，让我们一目了然。作为一位名师，老师却能放下身段作"狼顾之相"，让人无比尊敬！

还有一回，他应邀在报告厅做学术讲座。记得他说，人在站立时只需要脚掌这么大的一块地，可若脚下是万丈深渊，脚下的面积还是这么大，人就像踩铁轨一样，却站不稳了，这是因为心理平衡被打破了。说完他还特意站在讲台的边缘试了试，果真身体摇晃，无法平衡。老师讲解任何思想都浅显易懂，让我印象深刻，记到今天。在讲座的提问环节，我壮起胆子问了老师名字的来历，他简单地说："我父母给起的，我不知道他们起名字的时候是否想到'名缰利锁'这个词。"

王老师是个很有才华又很有情怀的人，他因黄淮学院的教学经历有感而发，作了一首诗，并在课上给我们分享。至今我还记得诗里的一句"难推昆友一片情"，课后我还特意请教他"昆友"的来历。今复看《魏其武安侯列传》，才发现里面竟有多处"昆"字，如"因昆弟燕饮""甫，窦太后昆弟也"。可见王老师身藏坟典，信手拈来！

王老师完成我们的教学任务后便回到了河南大学，在他离开后，我止不住地思念他，遂提笔写下了一首小诗，"忆王利锁教授"：

燕雏引领喧为食，

二毛往来迅如矢。

孔孟周游为谁忙，

天下英豪而教之。

2007年4月26日写于黄淮学院

　　头两句写了我们像雏燕一样伸着脖子吵闹着索要食物，"引领"意为"伸着脖子"，"二毛"是直接用了王老师给我们讲的"发斑白的老者为'二毛'"的知识，他像飞行的箭一样忙碌、穿行，在此也是双关，而且燕子也有黑白两种毛色。老师就像老燕一样哺育着我们。现在看来，这首诗写得还是不错的，只是有点故作古雅了。

　　为了写这篇文章，我复检大学时的日记，发现还有许多值得分享的细节。比如2007年3月14日我写道："王老师知识渊博，他的课堂堂有新。不像有的老师只在第一节课上滔滔不绝，后来就日渐式微了。"王老师还博古通今，举证恰当。讲到对司马迁年龄的考证时他强调，十年的误差是非常关键的，[①]比如对于生活在1966年和1976年的人来说，文革对于1966年的是亲历，而对于1976年的人来说则只能是历史。

　　王老师最让我佩服的，是他在弘扬爱国精神时对我们的激励。

---

① 关于司马迁的生年始终存在争议。一说是公元前145年（景帝中元五年），一说是公元前135年（武帝建元六年），两种说法相差十年。

他在介绍《史记》的参考资料时谈到，日本人对《史记》所做的研究让人觉得"恐怖"，因为他们虽自大，但又尊重知识。日本人曾直言不讳地说，"敦煌在中国，而敦煌学在日本"。在夏商周断代历史的研究上，日本人似乎投入的资金也远远超过我们……往事历历在目，他用日本人倾力研究我国文化的事例激励我们奋发图强，迎难而上，要敢于在国际学术上发出中国人的声音。

再回首，十年已逝。王老师课上讲的知识我可能已经记不得多少了，但他的教学风范永远影响着我，也为我树立了一个标杆——作为老师"当如此也"！

小强的考研

2008年1月，得益于母校的鼓励政策，大三的我尝试参加了考研，报考的是青岛大学。

但在我最有把握的古代汉语上我大意失荆州了。考前我信心满满，以至于中午大家都在临阵磨枪时，我连书都没带。但见卷后，我发现考前整理的一些名词解释忘了背了，而卷上的题目恰有24分的名词解释，像《经传释词》《十三经》《说文解字注》、三十六字母、之为言等，我只好硬着头皮懂多少写多少了。还有一道甲骨文的考题让我记忆深刻，因为考前我也见过，但也给忘了。最有难度的是三道简答题：古今汉字声韵调的区别、古汉语被动句的表示法，以及"于"字的用法，三者我也仅略懂皮毛。

结果可想而知，这次考研失败了。于是我准备2009年的正式考研上再认真拼一回。

整个2008年9月我都在为选择哪个学校而举棋不定，陷入烦闷。大三下学期时，我就已经决定换个方向，考厦大的历史系，但一个学期过去了，相关的资料也没准备齐全，更别提进入备考阶段了，最重要的是，我缺少历史知识的储备，于是还是决定杀回中文系。

后来，天南海北的大学的招生简章都被我查了个遍，大多因搞不到参考书而放弃。预报名的时候我还在犹豫，一方面觉得西南大学可以够得上，一方面又想试着挑战一下暨南大学，最终因底气不足又嫌离家远而终定西南。

此时进入考研百天倒计时之内了，我刚把历年的考研英语真题卷刷完，可再做仍有很多错误，我记不牢单词，也对英语没有语感。一个研友一语道破我的短板——缺少诵读，于是我决定每天早起背真题或文章以培养语感，悟出题窍而不求字字翻译，句句弄懂。

2009年1月10日，我的考研在风雪中拉开了帷幕。就在考研的前一天，我填了一首词《沁园春·赠研友》，给一起备考的同学加油，也用以明志：

独立寒冬，

极目楚天，

思绪万千。

我的二本同学

叹岁月流年，

昨天今天，

窗前把卷，

灯下无眠。

促膝交谈，

常有舌战，

激扬文字点江山。

曾记否，

情亲密无间，

也有羞赧。

雪尽风寒岁晚，

将至年关再燃硝烟。

恰风华少年，

个个摩拳，

初生之犊，

不畏虎胆。

风雨暑寒，

斗志弥坚，

宝剑常拭到今天。

天随愿，

士别三日后，

刮目相看。

最终，天遂人愿，我初试考了359分，上线了。

小强的复试

2009年4月24日，我在西南大学参加研究生复试。那天的我既感到平静，又觉得紧张。

之所以感到平静，是因为我到重庆已经二十多天了。每天为分数线、为名次殚精竭虑的日子过去了，未来渐渐清晰地呈现在我面前。觉得紧张是因为毕竟这又是一次人生的关口。况且，不亲历，不知复试为何物，而道听途说的，只能愈发增添它的神秘感和对它的恐惧。

上午是笔试，我拿着准备好的东西，掐着表赶到了考场。按通知，我们在1803教室进行复试。那个教室是计算机教室，很多人都惊讶：不会就在这儿考吧？三十多号人走进教室，有的晚进来的就跟别人挤进一排。我回头一看，整个教室座无虚席，当大家还在攀老乡的时候，监考老师进来开始发卷子了。她先让考文字学的举一下手，她按人头数发卷，然后是考语言学的。因为大家都是随便找的座位，次序混乱，监考老师也没有重新安排座位，就这样发了。我考的是语言学，我的"同桌"考的是文字学。

同桌的卷子发下来后我瞥了一下，是一张小卷，上面有三四道题目的样子，一张大纸是用来答题的。然后我的试卷也下来了，三道主观题，分别是40分、30分、30分。题量很少，时间充足——3个小时。不过看到第一道题时我傻眼了，因为它问的是历史比较语言学的奠基人及其贡献，可我对这一概念完全没有印象。是出题老师出了超纲题，还是他们记错了，还是我读的书太少没有读到。我不确定。于是我把我知道的语言学大家们梳理了一遍，死马当活马医，把历史比较语言学史的大概也复述了一下。

当我答到最后一道题时，发现已经有人交卷了。此时距离发卷才过了40多分钟。当我答完所有题目时，也才过了约1个小时。虽然我觉得最后一道题的要点已答得面面俱到，但内容不够长，于是我想再添几句丰富一下。

下午面试的分分秒秒我都规划好了。1点开始穿西装打领带，在来重庆之前，舍友老三就帮我把领带打好了，我只需要在脖子上一套即可。10分钟把西装换好出门。一刻也不敢耽误，直奔25教学楼。路上突然发现，我这双皮鞋有点儿大，走起路来容易掉。裤腿又太长，没有修剪，都踩在了脚下。但我还是尽量不去在意这些，故作自然，还跟路上的陌生人打招呼，他们穿的也是西装，应该也是去复试的。

专业面试与英语口语面试的先后顺序可以自己选择，我决定随大流，先参加专业面试，觉得这样稳妥。

按初试成绩排名，我是第5个被叫进去的。当推开门的一刹那，我看到了之前见过面的导师，顿时又增添了一分信心。按着计划好的流程，先真诚地对面试老师鞠躬，问下午好，老师们也客气地招呼我"坐吧"。为示尊敬我没坐，而是站在讲桌前面对着老师们。老师先让我自我介绍，说一下姓名、本科专业等几项基本信息，又加了一句"多一项也别说啊"。

我当时比较放松，还调侃道"用英语，还是用汉语？"，老师回应：英语是下一个环节用的。答完，老师也问了我几个简单的问题，像我来自哪里，从中引出专业相关的问题，比如你老家讲的方言属于北方官话的哪一种，随即又问《方言》一书著于何时。这些问题我都答了上来，见"难不住我"，老师便拿使出"杀手锏"，问我《方言》的全称。幸运的是，之前我在学校里跟着研一的学生听了一堂汉语史的课，老师正好在讲《方言》，并逐词解释了其全称"輶轩使者绝代语释别国方言"的含义。我流利地答出，心中窃喜，并看到老师满意地点了点头。

后来老师又和我聊了聊最近看了哪些相关的书，我笑了笑，老师好奇我为什么笑，我说前两天刚拜读了您的大作。老师随即便问从哪儿弄到的那本书。于是我简要陈述了自己幸运地遇上一个师兄的事，并总结说，西大的学生、老师都很好，因为他们的帮助我才可以弄到。当然了，书的内容是少不了要被问的，不过我都有所准备，也都答了出来。我们相谈甚欢。

之后，老师便问了几个难的问题，比如什么是"字本位"。他看我好像愣住了，便先为我解释了一些。我因为不知道，所以只顾紧张，也没有听进去。后来他让我知道多少说多少，我承认了自己今天第一次听说"字本位"这个概念。老师和善地说："答不上来没关系，这是超纲的，就看你了解多少。"后面问的几个我也不会，不过也认真地解释了。最后还是满怀信心地走出了教室。

随后，经历了长时间的排队，我终于走进了英语口语面试的教室。老师为了让我放松，特意点了一支烟，还问我抽不抽，我当然不敢，而且本身我也不会。然后他让我开始说。但我英语口语实在太烂了，老师听了似乎也很无奈，还问了我一句：How old are you？

五点半左右，复试结束，老师让同学们集中到一块儿，开了一个短会。会议内容主要涉及以下几点：（1）不是所有人都能通过；（2）收到录取通知的同学在开学前要恶补专业课；（3）要练好普通话。

这就是我的复试经历。十多年过去了，今日恰是同样的春天。在上海的我回看当时的日记，往事历历在目。虽然我常觉得读研并未学到更多的东西，但它对我的人生至关重要。因为没有研究生的学历，我后来也不会出国，更不会留在上海的高校工作。所以我还是想真诚地感谢一下我的导师、我的母校，也感谢努力考上研究生的自己。

小强的出国

2009年，我考上了西南大学对外汉语教学专业的研究生。我报考前的想法很简单，觉得对外汉语教学很热，而且有机会出国。可是读了这个专业之后才发现，也是照本宣科，解读理论。在同班的同学读乔姆斯基、萨丕尔的只言片语时，我开始关注起出国的机会。

　　我们班有几个泰国的留学生，我也被要求在课余时间辅导其中一位泰国同学。与此同时，我开始申请暑期赴美勤工俭学的资格，可是在2010年的3月底，奶奶病重的消息传来，于是我立即给奶奶打了电话。奶奶在七年前就做过一次大手术，但这次很可能挺不过去了。所以我忙告诉她我马上要出国了，回来要给她带很多国外的东西尝尝，还要带她坐飞机。尽管这些美好的畅想对于当时的我遥不可及，可我想把最美好的未来许给奶奶，给她一个盼头，或许她能坚持下来。电话那头的奶奶不住地说好好好，并一再叮嘱我不要为她乱花钱。我都答应下来，挂了电话后，我想再为奶奶做点事情，花多少钱我都愿意。于是我那天联系了所有泰国同学，让他们为我提供一些泰国的特产带回家。他们已经来了半个学期，特产几乎吃完了，所剩无几的一些东西也全给了我。捧着泰国同学送的礼物，我感动万分。然而第二天，爸爸告诉我奶奶已经走了，我在校园里号啕大哭。我不敢相信，前一晚我们还在聊天，今天她就离开了。当我经过一天一夜的奔波赶到家时，见到的却是庭院里令人昏厥的灵堂。我把泰国同学的礼物放了奶奶坟前。与此同时，我也更加坚定了出国的决心——我必须尽快出国，让亲人更早地看到我有出息。

　　2010年年底，我从学校的网页上看到了国家汉办招募汉语教师志愿者的通知，于是我提交了申请表。当时在我们班里，没什么同学行动，老师也希望我能按部就班地先完成学业再出国。可我意念坚决，一是我要兑现自己对家人的承诺，二是我需要挣钱去还助学贷款。幸运的是，我成了候选志愿者。2011年大年初六，我来到华东师范大学开始了为期七十天的出国前的培训，我被分到了印尼班。培训结束后，我回到西南大学参加毕业论文开题，随后又闭关一个多月熬出了毕业论文的初稿，然后开始等待汉办的派出通知。2011年11月，经过几个月煎熬的等待，我终于坐上了飞往印尼的飞机。行前，我到奶奶的坟前带了一包土。

在印尼工作的一年很快乐，所以我又留任了一年。2012年6月，我回国休假。假期中，我陪爸爸检查身体，却得知他患了肝癌，这一消息打乱了我们全家人的生活。于是我的行程中也多了爸爸的身影。2012年10月底，我启程返回印尼，为了给爸爸治病，也为了圆爸爸坐飞机的梦想，我给他买了一张与我同行的机票——从郑州到北京。原本计划我们一同到北京，然后我从北京飞印尼，爸爸到北京后，让哥哥陪他看病。可是，由于志愿者中心工作人员的失误，将我的护照寄到了别人那儿，导致我无法从郑州按时起飞。结果变成了我要看着爸爸无助的背影，看着他一个人去北京。我心都碎了。这是爸爸第一次坐飞机，没有我的帮助他该怎么走，他能读懂指示牌吗，找得到登机口吗，他满口的河南方言别人能听得懂吗，万一上不了飞机或上错了飞机怎么办，爸爸在北京联系不上哥哥怎么办……一路上，这一系列的问题始终萦绕在我的心头。后来我被迫改飞了赴广州的飞机，这一路，我的心都在流泪。别的志愿者都有说有笑的，只有我一言不发，他们不知道我心里有多痛苦。到了广州，一下飞机我就万分焦急地拨通了哥哥的电话，当得知他已经顺利接到爸爸时，我心里的千斤重担才卸下。

在印尼的第二年，我来到另一所高中工作。在那儿我接到了汉办招聘专职教师的通知，于是我积极地报了名，并着手备考。此时，国内已步入寒冬，坏消息接踵而至——爷爷病重。此时我只能默默祈祷，希望爷爷能熬过新年，希望上天垂怜，能让我再见爷爷一面。可是，爷爷最终没有熬过。爷爷走了，家里没有一个人告诉我。就在那几天前，我还给爷爷打了电话，也一再叮嘱家人有什么事一定要及时通知我，可最终没有任何人和我说。我知道他们不想让远在海外的我伤心、分心，但这样的决定还是伤透了我的心。当我再给家里打电话时，家人告诉我，爷爷已经入土了，我十分生气，挂掉了电话，之后也很久都没再给家里人打过电话，直到大年三十。除夕夜，当我给爸妈打电话时，妈妈什么话也没有多说。后来有一次，妈妈告诉我上一次本来想骂我的，骂我为什么这么久都不打电话，可想想大过年的我只有一个人在国外便没忍心。挂了电话，我哭了。

2012年12月，我顺利地通过了专职教师的视频面试。2013年6月，又顺利地拿到了硕士毕业证。同年7月，我得知被储备于华东师范大学，正式成为一名孔子学院的专职教师。我和家人都非常高兴。

其实，当时汉办的意向是把我储备在吉林大学。我没有同意，因为我有自己的考虑。家里的情况我最清楚，爸爸的病情在发展，我不能走得太远。于是我给汉办师资处去了一封邮件，信中提到了希望汉办可以满足我的小心愿，到离家近的地方就职，这样逢节假日我都可以回家看看重病在身的父亲和年迈的母亲。

令我感激的是，汉办以人为本，充分尊重了我的意见，最终把我调剂到了华东师范大学。当我得知这一结果时，我马上跟爸妈分享了我的喜悦。爸爸知道我要去上海工作后也万分高兴。因为他知道，上海是大城市，可是并不知道我不去吉大的真正原因。

2013年9月，我陪爸爸到安阳做了介入手术。11月，经过漫长的等待，我终于到华东师范大学履职了。

2014年，已经两年没在家过年的我终于陪父母在家过了一个团圆年。2014年元宵节还没过，爸爸再次住进了医院，我知道爸爸的身体越来越差了，于是守在医院的我久久没到华东师范大学上班，具体缘由我没向华师大说明，因为当时我不想因为爸爸得癌症的事而麻烦学校，可是误会却由此产生。华师大将我年后许久没来上班的事报给汉办，汉办给我打来电话，责我违纪，这让我左右为难，不得已我最终将实情告诉了汉办和华师大。后来不等爸爸出院，我就急匆匆地赶到了上海。

3月底，我被汉办派往格鲁吉亚第比利斯自由大学孔子学院工作，25号起飞。23号，在北京办完签证的我不顾朋友的一再挽留急匆匆地踏上了回老家的汽车，我想利用这仅有的两天时间再回一趟家，因为我知道这一去经年，再回来就不知是什么情况了。

到家后的两天里，我又陪着爸爸四处看病。还在堂屋贴了一幅世界地图，给爸爸指格鲁吉亚在哪儿。可格鲁吉亚实在太小，在地图上就那么一个点，爸爸仰着头看东西已经很费力了，他说了一句，瞅得头晕眼疼，便放弃了继续看。这是从没有过的事。记得爸爸以前和我看新闻，总是问我这是哪儿，那在哪儿，让我在地图上指给他看。我去重庆读研究生，他总是美美地瞧着重庆的地图，似乎很期待到那儿享几天福。我去武汉会友，去南昌旅游，去上海工作，每次回来和他聊天，他总是很关心，并且每次都在地图上找我到过的地方。听着我的汇报，再看看地图，欣喜和满足劲儿溢于言表，似乎与我同行了似的。今天我怕他精力不济，也不指给他看了，而是尽量用最简单明了的方式告诉他格鲁吉亚的方位：从家到新疆，再从新疆直往西飞就到了。爸爸听到新疆，很高兴，因为让他非常自豪的大儿子和三儿子，以及他日夜思念的乖孙子都在新疆。

25号我走的那天，妈妈陪我走出了医院。分别时，我和妈妈说，到事上我可能回不来。妈说，真不能回来也就别回了。

到了格鲁吉亚，我又满怀感激地给汉办去了一封信。信中我报了平安，解释了上次因为自己的多虑和嘴笨导致的误会，更感谢汉办和华师大对我个人情况的理解和人性化的处理方式。

刚刚熟悉了格鲁吉亚的工作生活我便收到噩耗。5月2号晚，我在孔子学院录制庆祝孔子学院成立十周年的纪录片，当我看到三弟在QQ上写的"终享太平"，和四弟给我发的"已经断气，人在水晶棺里"时，我傻掉了，眼泪不自觉地流了出来。爸爸走了，这一天终究还是来了，可是我依旧不敢相信。点开三天前和爸爸通话的录音，我心痛脾裂。记得刚得病时，爸爸说，我不能病倒，我倒下，天就塌了。当时，我还无法感受到这句话的分量，等爸爸突然走了，我才意识到，我家的天真的塌了。

不久前，我还和爸爸说等暑假回家看他。再后来，哥哥回家时爸爸已经不怎么能说话了。我原本把回国的日期提前到了5月5号，可没想到爸爸走得那么突然，我马上改订了5月3号的票飞回国。一路颠簸，辗转多时，可苦了爸爸，他一直在等着我，直到7号才入土为安。生前不能见最后一面，走后又让爸爸受了那么久的罪，这种自责一直埋在我的心里。直到今天，我依然经常梦到爸爸，梦到爸爸还在忙。可远在异国的我，却无法到他坟前和他说说心里话。

从2009年接触对外汉语教学以来，已经过去了五年。五年来，我从一个学生成长为一名合格的汉语教师志愿者，再成为一名专职教师，每一步都走得不容易。其间有千里奔丧的心碎，有远走异国的担忧，有一人过节的孤单，有朝思暮想的期盼，有浪迹天涯的青春，有深埋心底的隐痛。尽管我的同学们都早已为人父母，我仍孤单一人，可我并不后悔，因为我的青春与孔子学院同行，虽一个人但也很精彩。

回首这五年来，我知道我的变化很大，也知道我家乡的变化也很大，更知道我的祖国变化巨大，全世界都知道。五年来，我见证了孔子学院的发展，作为孔子学院的一员，我愿为她的强大继续奉献自己的力量。我祝福孔子学院，祝福祖国，也祝福我的家人。

小强的婚恋

2017年12月31日，我加了一个女生的微信，但是我们一句也没聊。

2018年1月21日，我给她发了自己用毛笔写的"招财进宝"。我们开始了聊天。

2018年2月22日，农历正月初七。我心里很不是滋味，便给她发了两个字"想你"。她回复道："那元宵一起过吧。"这却让我更难过了，犹豫了许久才告诉她事实，明天我要出国了。随即，我发了我的机票信息给她看。接着我们打开了视频，这是我第一次见到她。

飞机中转土耳其，经过两天的跋涉，我来到了全新的世界——厄立特里亚，最后接入互联网的非洲国家。当年，该国唯一的网络还是靠卫星传来的微弱且昂贵的信号。

这一天是2018年2月25日。初到厄特，我住在宾馆。在离开宾馆的头一天晚上，我和她视频聊到了天亮。因为离开宾馆就没有网了。记得她说："往后余生，目光所至，是你，记得好好珍惜！"我很感动，坦诚回复道："自古佳缘羡目成，男儿历来多薄情。侠女天真有好色，能使英雄不负卿。"就这样，我们开始了异国恋。这时，我到厄特不过三天，我们视频见面不过六天。

随后，她每天的国际长途伴我度过了在厄特漫长的岁月。那段日子里，没有网络，我自己种菜，读书，练字，上课，过着简单到极致的生活，我戏称自己"隐居在厄特"。

后来，我要买国外人身保险，于是跑到大使馆蹭网请她帮忙。她三下五除二就帮我搞定了，且只字不提钱的事儿，这让我十分感动，再一次觉得她如此难得。

2018年10月，我带学生赴昆明参加了第十一届世界中学生"汉语桥"中文比赛，她从宁波飞来看我，这是我俩第一次线下的见面。

这一面，也夯实了我们的爱情。

记得当时"汉语桥"比赛的演讲题目是："汉语桥"一座_____的桥。那时，厄立特里亚和埃塞俄比亚刚刚结束了二十七年的敌对状态，实现了和平，来自厄特的选手和埃塞的选手也一同为昆明的友谊之树施肥。在我看来，"汉语桥"是一座名副其实的和平的桥，一座友谊的桥。当我发布自己向她求婚的照片之后，格鲁吉亚孔子学院的中方院长打趣道："咋了？带学生参加比赛，结果你'过桥'了？！"是的，那一刻，我真心觉得"汉语桥"还是一座"鹊桥"！

再看那来自世界各地的年轻学子，他们因"汉语桥"而结缘。在中国植下友谊之树时，谁说不会有爱的种子生根发芽呢？

"汉语桥"比赛期间，是我个人形象最差的时候。那时从培训到带队，我操心劳累，身心憔悴，形容枯槁。尤其是在昆明的那段时日，每天培训，促学，几乎没在12点之前睡过觉，头发也掉得很严重。可是，她并没有介意我的形象差，或许她也介意了，却更看重我的努力。

后来，我的学生们不负众望，拿到了非洲区第二名的好成绩。这是个历史性的突破，也成为整个国家的骄傲。因为他们太需要这一支强心剂了。后来，厄特的高官纷纷来到孔院拜访，厄特的媒体也频频报道这一成果，学生们一战成名了。

赛后，我回厄特继续工作，她也回宁波继续上班，我俩又继续着跨国恋。

2019年2月1日，我利用回国休假的日子和她完婚。两个星期后，我又飞赴厄特，中途经土耳其，百般滋味在心中：去年出国正月七，今春又经土耳其；潇洒不及来时路，只因家中留爱妻。这一刻，我明白我们的婚姻又一次跨越了国境。

又经过几个月的分别，我接到消息，我可能要在7月带大学生去长沙参加"汉语桥"比赛。由于7月妻子比较忙，为了让她早日做好"鹊桥会"的准备，我先把这个尚未确定的消息和她分享了，她高兴地做起了梦：什么臭豆腐、湖南电视台、岳麓书院都被她列入了一起游玩的行程中，而且她还说："看来咱俩的缘分真在'汉语桥'！"我也说："本来就是嘛，'汉语桥'就是一座爱之桥。"

但后来，我俩这短暂的美梦被打破了。我不知道该如何叫醒她。

又忍了几天，我终于告诉了她我回不去的残酷事实，并满怀期望地安慰道："放心吧，老婆！上帝为我们关上了一扇门，也一定会为我们打开一扇窗。"尽管我根本不知道这扇窗什么时候会打开，但我知道爱一个人，也需要口头上的承诺，因为我不忍让她伤心。

后来，我们彼此在工作、生活上总会遇到烦心事，事情多了，妻子有时候会说："你说得再多也抵不上给我一个拥抱。"此刻我深知语言的苍白无力，只能报以长叹。不过更多的时候，妻子会说："谢谢老公的开导，我懂了。"我也会说："谢谢老婆，我心情好多了。"就这样，我俩让爱的力量跨越重洋，我们互相温暖，互相鼓励，满怀期待地等待着回国团聚的那一天。

"海上生明月，天涯共此时；情人怨遥夜，竟夕起相思。"止笔之际，忽念散在全球孔子学院的同行们，有多少人和我们一样正在"怨遥夜""起相思"呢！

小强的乡愁

我的家乡在左寨。我不知道左寨的魅力何在，但对它的感情竟然浓到化不开。

左寨，豫东平原之上的一个极其普通的村子。这里无名胜，无名人，史书无传，媒体不报。然而它却鲜活地存在着。我对整个豫东平原的概括就是有水无山，一马平川。左寨就是这样一块一马平川的土地，平到连块石头都没有。

因为是平原，所以离不开农业和土地。我在自己写过的文章"左寨记忆"里曾概括："那里的文化典型得就一个字：农——农村、农业、农民、农耕、农具、农忙……"我的同村同学也曾准确地概括左寨："故乡，我更乐意说故土，因为，豫东大平原的老家，到处都是土，土地、土路、土堆、土沫子……"农和土是左寨的基因，就是这样一个又农又土的小村庄竟成了让我永远念念不忘的地方，成了我永远的精神家园和乡愁的依托。

2012年8月，在印尼工作一年后我回到了母校西南大学。那时我很想念家乡，又很想尽快做出成绩，受这些因素的影响，我在橘园6舍102室里一鼓作气写下了文章"村里的事儿——杂记"。乡愁之情顺笔流淌，得到了寄托和宣泄。写完，文章也就被暂时放到了一边。五年后，某个公众号发布了"我的故乡：与费孝通先生对话"的征稿启事。我想起自己写的那篇文章，于是投了出去，没想到一投即中。2017年1月23号投稿，24号得到录用回复，25号被推送。随后，该文又在乡土人文地理、腾讯房观察等网站被转载。我也因此收到了人生中的第一笔稿酬：100元的稿费和两本书，《百年孤独》《两晋南北朝史》。该文在发表时，被编辑改名为"左寨记忆"，现在回头看，我很感谢改后的这个标题，因为这让它更具体，更具有辨识度。想来，我的第一篇散文能与故乡有关，这也是缘分吧。后来，我又在自己的公众号"汲古寨"上转发此文，郑重地采用了"左寨记忆"这个标题。文章发表后，朋友们还调侃我说我要成为作家了。关于乡愁，这一篇文章写得还算不错。后来再向人介绍自己时我也会说，想更多地了解我和我的故乡，那就看看"左寨记忆"吧。

"左寨记忆"的标题得到了认可，我甚至想到过将其商标化。比如做杂粮馍生意，像陕西白吉馍一样将它产业化、包装化，店名就叫"左寨记忆"。后来在"写给家乡的诗"的诗歌大奖赛暨《中国乡情诗典》的征稿中，我把自己写的一首歌"青花瓷·左寨"的歌词作为诗篇投了过去，题目也改成了"左寨记忆"。没想到又顺利入选了，并被作为首篇推送了出来。

就这样，我的乡愁就和"左寨记忆"牢牢地绑在了一起。

故乡，是值得每个人去歌颂的。所以一直以来，我都想为故乡写首歌。可因为我不懂乐理，只好依葫芦画瓢。2013年我写了"青花瓷·左寨"，可没想到连不识字的乡亲们听了都觉得这歌词写得棒。又土、又农、又普通的村子在我的笔下变幻成四季披着彩衣的大地、厚重历史的寨子与和谐如画的小院……于是我又趁热打铁，想去实现那个潜藏许久的愿望——组织乡亲们拍歌曲MV。也正因此，我收集了不少家乡人的照片和视频。可惜此MV一直没能拍成，因为我考虑太多，想把左寨的四季、乡亲的劳作、农村的生活以及节日的热闹等都拍进去，无奈素材量过大，几年的积累也因素材不够全面而暂时搁置了。我想做得完美一些，可在家的日子有限，一些特定的场景、特定的时节都被自己一再错过。

视频不成，但照片我却一直收集着。2009年，大四还没毕业的我就去找了份工作，三个月我挣了2 600元，并立即用1 200元买了一台数码相机。于是，每逢回老家我都四处给老人拍照，洗好后免费送给他们。一直到今天，这件事我还在做。左寨的老人和全国许多地方的老人一样平凡，他们来了又走。尽管几年间这些照片里的老人相继谢世，尤其是我的奶奶、爷爷、爸爸，他们在四年间相继离世，这让我彻底泄了气，不知道我的努力有什么意义。流水无情，时光不息，现在我仍抓紧时间将这些照片与世人分享，告诉世人在这个五彩缤纷的世界上，他们曾鲜活地生活过。我想给逝者以追忆，给健在者以慰藉。

左寨是有家谱的村子，始迁祖是兄弟三个，他们的坟茔至今还在寨子北地。兄弟三人筚路蓝缕，开创寨基，历数代而繁茂，至今已有十多代，代代有序。我是第十一代，正如我在歌中所写："辈分清楚，传到今祖孙一条根。"家谱是普通人留下的些微印记。然而，随着时代的快速发展，家谱已无人续。而我所做的这一切都是在抢时间，记住乡愁。至于"侬今葬花人笑痴，他年葬侬知是谁"我不去管。"固知一死生为虚诞，齐彭殇为妄作。后之视今，亦犹今之视昔……虽世殊事异，所以兴怀，其致一也。后之览者，亦将有感于斯文。"这些简单、质朴、纯真的照片，我想后之览者，亦将有感于斯"图"。"每览昔人兴感之由，若合一契"，我亦足矣！

我喜欢回家。因为我感觉每次回到家都像回到加油站一样。

听听乡音，吃吃家乡的馍，顿感精力十足。回到城后也干劲十足，信心百倍。或许这就是根的力量吧。记得我读大学时想找工作，要那种离家不要太远的，这样有车了之后甚至双休日都可以说走就走，常回家看看；农忙时还可以回家锻炼锻炼，权当让大脑休息了；遇到红白事也可以和发小、同学叙叙旧。可是，当我真正工作之后，事实远没有我想象的那般美好。我或无家可归，或无闲可归。故乡，或许真的只能常常存在于我的脑海里！

那首歌唱得很好。"老人不图儿女为家做多大贡献"。可每当我看到乡亲们那被风霜镌刻的脸、粗糙的手上厚厚的茧和那一双双温暖而渴望的眼的时候，总觉得自己有担子在肩头。每每回到故乡，乡亲们的关切——"回来了？""吃罢没？""你咋吃不胖啊？""别走了，待这儿吃吧！"——都能让我内心温暖，感动不已。

记得小时候，我用稚嫩的毛笔字在电线杆上、房前屋后写下"爱护鸟类""节约用水"。我亲自把被网网住的鸟解救出来，放回大自然。又呼吁村民将大树留下，将老物件留住。有了手机后我四处拍照，把老房子、老农具、老灶台等统统拍下来留念。再到后来，我为村子摇旗呐喊，给县长、省长写信呼吁为村民通公路。我还有更大的愿望，那就是把我们的村子打造成新的旅游景点。

左寨是个寨子，外面一圈是寨沟，寨墙在20世纪50年代被村民们取土，扒掉了，到70年代初扒得只剩下寨沟。常听老辈人讲，我们村是四外有名的大寨子，当年日本鬼子、土匪打过来的时候，许多附近的村民都会躲进我们的寨子里避难。大寨墙上有小墙，小墙开有垛口，俗称"寨望"，寨墙上还架过土炮。爬上寨墙的土匪都被村民们用镶头剁了手，手指头成筐成筐地撮。这些或许被夸大的故事老人们爱讲，我们也爱听，也为此感到光荣。

那时的寨子，高高寨墙保平安，一沟清水鱼藕满，寨门架炮寨墙绿，碧水蓝天民风安。今天，在现存的寨沟的基础上，深挖沟、高筑墙、鱼满沟、荷满塘，建设成为一个美丽、厚重的左寨。我曾给县委书记去信，表达了希望村子能早日走上转型之路："以左寨遗址为根基，宣扬家谱文化、农耕文化、姓氏文化、寨文化、武术文化等，建立影视拍摄地，全面打造新的旅游景点，以弥补我县旅游资源先天不足的缺陷……"如果能将拓展到寨外的房屋集中到寨内统一规划建设，这样既节约了耕地，又美化了乡村，可谓一举多得。可惜，故乡荒凉，等待太长！

世界虽大，但我还是想常回家看看。

人物档案

篇目	人物	籍贯	目前工作单位
孤独的潜行者	老赵	河南林州	安阳某医院
自我塑造重要 环境塑造更重要	老兵	河南林州	重庆某国企
正心正念走正道 自立自强更自信	老五	河南内乡	南阳某车企
中文人的从警之路	老三	江西南昌	南昌某派出所
平凡的世界 昂扬的人生	亮仔	四川达州	成都某路政单位
宝剑锋从磨砺出 梅花香自若寒来	小孔	河南商丘	南通某法院
选择大于努力 书生本是侠女	羑羑	河南平舆	郑州某大学
人在曹营心在汉 终于游到河对岸	胖子	云南丽江	丽江某房地产企业
人生起伏路 我自毅然行	阿毅	广东河源	广州某餐饮企业
明白路该怎么走 可惜青春已没有	老苟	河南南阳	南阳某教育局

篇目	人物	籍贯	目前工作单位
坐上火车去拉萨 一切顺利又潇洒	魏公子	河南鹤壁	西藏某银行
既是开拓者 又是垫脚石	闪光	河南兰考	郑州某企业
出身农村 立足深圳	大涛	河南郸城	深圳某学校
从学霸到教授	英子	河南郸城	北京某大学
被调剂耽误的人生	若水	河南郸城	无锡某区政府
生死看淡 不服就干	阿术	河南固始	郑州某教育机构
熬过低谷 玉汝于成	三国	江西乐安	惠州某税务局
如果人生有剧本 我愿做那执笔人	小莉	河南信阳	郑州某大学
活成了大多数	老二	河南平舆	驻马店某企业
平凡的倔强 草根的成长	小强	河南郸城	上海某大学

fan　wai　pian

番外篇

人们常说，最远的距离是"天涯海角"，那天涯海角之外又是什么呢？不如带着这个问题，随我一同走进天涯之外、南海之南的国家——印度尼西亚。

从县城到县城的国际旅程

我从县城郸城出发，在郑州起飞，在北京转机，经厦门出境，再到雅加达歇脚，随后飞往棉兰落地，最后到小城奇沙兰下车。从中国到印尼，历经辗转，又从县城到了县城。

经过我的实测，这段路程最短耗时19个小时：郸城—郑州，高速3小时；郑州—北京，飞行1.5个小时；北京—厦门，飞行3个小时；厦门—雅加达，飞行5个小时；雅加达—棉兰，飞行2.5个小时，棉兰—奇沙兰，私家车4个小时。如果加上从家到县城，以及在各个节点周转的时间，估计需要整整24个小时。

印尼初知

来印尼之前，我对印尼的了解少之又少，在网络上穷搜一番得到的消息也仅是一鳞半爪，顶用的还是初中时学的地理知识。印尼地处东南亚，由上万个岛屿组成，是世界上最大的群岛国家，享有"千岛之国"的美誉。印尼地跨赤道，疆域横跨亚洲及大洋洲，其70%以上的领地位于南半球，国土面积达191万平方公里，排名世界第十四位。该国气候以热带气候为主，年平均温度25℃~27℃，没有明显的四季变化。印尼人口约2.8亿，是世界第四人口大国，其中华人占5%，是世界上华人数量最多的国家。约87%的人口信仰伊斯兰教。印尼有"赤道上的翡翠"之称，这一称呼主要源于其丰富的自然景观，一座座岛屿像一颗颗珍珠，撒落于在太平洋之上。有的岛如浩瀚汪洋中的孤舟一叶，"飘飘何所似，天地一沙鸥"；有的目力所及，皆秀山丽水，无法穷尽。印尼处处是景点，是旅游者们不可不游之地。

2011年11月8日，我搭乘的国航CA977于当天14：55从北京出发。之前我只是查了到雅加达的时间大约是24：00，这初步一算吓我一跳：要飞9个小时啊！我虽没坐过飞机，但我对飞机的速度还有所耳闻，即使到美国，飞越半个地球也仅需13个小时，何况我这还没飞出亚洲呢！后来，在飞机上我才知道，航班还要在厦门做短暂停留——完成"出境"！

飞机在雅加达降落，气候闷热，机场内吹的都是空调风。我看到一位迎接我的中文老师的着装：夏装加拖鞋一双。我不禁叹道，这才是有经验的！我在家穿来的西装显然也该脱了，不过我们都知道，11月在国内已是初冬，在北方穿成这样显然还不够。这一脱，告诉我来到了热带！

初次坐飞机就一次坐了个够。疲惫不堪的我们一下飞机就被大巴带到1小时车程外的Batavia（荷兰在1621年殖民统治印尼时给雅加达起的名字）的一家宾馆。可谁知在这里一住就是四天，我们在里面上了印尼国情课，了解工作须知，签协议，感觉自己似乎还在中国，完全不知道外面的雅加达是个什么样子。不过这几日，印尼教育部包吃包住，还给我们每人发了112万印尼盾（约500元人民币）的补助。在国内时尚囊中羞涩，一出国便是"百万富翁"，这种感觉真如童话般奇妙。不过，汇率是1：1 400。一夜暴"富"的神话在印尼不神。

雅加达印象

雅加达（Jakarta）：印尼首都，东南亚第一大城市，世界著名的海港。雅加达位于爪哇岛西部北岸，人口达1 056万（2023年）。大雅加达特区的面积达650平方公里，分为5个市，即东、南、西、北、中雅加达市，其中东雅加达市面积最大，为178平方公里。华侨称雅加达为"椰城"，因为过去它叫巽他加拉巴，意为椰子。约在16世纪改名为雅加达，意为胜利和光荣之堡。

俗话说"看景不如听景"，真正的东南亚第一大城市是什么样的呢？走过才知道。它是一个鲜有公交车的首都，一个充斥着摩托车的都市。走在雅加达的路上，一不小心就会被困在摩托车的海洋中。当你的车走不动时，一回头会吓一跳，前不见头后不见尾的摩托车队已将你团团围住，黑压压的如入蜂阵，那阵式够吓人的。幸亏我们来自中国，想想自己的国家，20世纪80年代的大马路上不也是黑压压的吗，只不过那时的中国是"自行车王国"。

棉兰是什么？

说到棉兰，之前也有所耳闻，好歹是印尼的一个大城市嘛。

可至今我仍觉得这个翻译不妥。棉兰，是什么植物？棉花，木棉，还是兰草？这是让不少人都费解的东西。我个人认为，专有名词的翻译若太中国化了也不妥，尤其是音译的。像万隆（Bandung）、苏丹（Sudan）、新西兰（New Zealand）都不太"老外"。棉兰的印尼语是Medan，是平原的意思，和植物不沾边。如果让我翻译，我会采用音译——麦丹。越洋气越好！让人一看就知道它是外国的名字。

我们先通过网上的介绍想象一下棉兰。棉兰是苏门答腊岛第一大城市，北苏门答腊省首府。人口约228万，华人占其总人口的19%以上。气候宜人。市内的主要历史建筑是日里苏丹宫，此外还有清真寺、北苏门答腊大学等。

而我实地考察后发现，在几层高的楼上就可以俯瞰棉兰，因为棉兰的建筑普遍不高，三到五层最为常见。房屋低矮，且多是白色，烈日高悬，远远望去，似乎来到了冬日里的东北小镇。在与摩天大楼无缘的棉兰，整个城市的建筑就像平铺在大地上一样，这不禁让我感慨：多浪费土地啊！在中国，这么大一块儿地可以住上千万人口。棉兰的城市建设多少带有随兴所至的感觉，反正是平原地带，这边住不下了就往那边拓展。东拓一块，西延一片。车辆拥挤的地方，马路却依然是老旧的、窄窄的；不远处却是车辆稀疏的宽阔"国道"，但不是国内所称的那种国道。车行在这一分钟是高楼林立，很有大都市的感觉，可下一分钟，又到了农村，所见之处都是杂草、荒宅。

大名鼎鼎的日里苏丹宫是一栋两层楼的建筑，游览起来一会儿就看完了。印尼最好的外语学院——亚洲国际友好学院也位于棉兰，是一座回字形的楼。作为大学，且是国际性的院校，规模却不如国内一所像样的高中。与中国第三大城市的广州相比，棉兰好像一点大城市的感觉都没有。

但棉兰自有它的美，它的精华应该在弥勒佛寺（Maha Vihara Maitreya），这是东南亚最大的佛寺之一。撇开佛寺的巨大规模不说，单是它那选址就美得令人叹为观止了：临一池清水，面万顷广场。沙鸥翔集，锦鳞游泳。数不尽的鸟儿伴着这清静的佛寺，营造出一派和谐的气象。鸟的多、鸟的美，让我想起了巴金笔下的"鸟的天堂"，想起了游客心向往之的青海湖鸟岛。棉兰此地之美，可与之比肩。

在湖的前方是一座大型的花坛，花坛是一个交通转盘，但坛上装饰着的青色的砖和灰色的路面合力营造出了它的沧桑感和厚重的历史感，让人即刻便能感到棉兰是有底蕴的。

再往前，就是来此佛寺的必经之地——林荫大道。大路两边树影婆娑，宽阔的马路中间是一条笔直的沟，想必原来就有，只是印尼人懒得去填，却成就了一道自然之美。现在，沟里长满碧绿的小草，沟边是高大笔直的椰子树。此景此路，漫步其中，仿佛置身于香榭丽舍大街。无不让人留恋！

小城奇沙兰

印尼似乎很注重自己名声的宣传，每到一地都会看到Selamat Dadang（欢迎光临）的字样，下面写着某地地名。当地的地名牌都是砖材水泥结构的，且往往被涂上鲜艳的颜色，多是黄绿色搭配。这点和中国不一样，国内的地名牌往往是高高的大铁牌，蓝底白字写着"欢迎进入××地界"。

印尼各个城市的城区普遍规划不足，小城市奇沙兰更是如此。市里的一大标志性建筑是四层楼高的名为Diponegoro的学校，学校的周围既不是芳草碧树的道路公园，也不是鳞次栉比的商务中心，而是杂乱的菜市场。行走在奇沙兰的大街小巷，处处可见卖菜的pasar（市场）和卖服饰的小店。鞋子铺满大街，袜子随风飘扬。整个奇沙兰就是一个大市场！

然而，在这座没有大型超市和娱乐场所、没有肯德基和麦当劳的小城里，竟然有大学！没错，就是大学——Universitas

Asahan。学校还有多个Fakultas（院系），如农学系、护理系、经济系、法律系……不过，虽说"五脏俱全"，但是这"麻雀"还是小了点儿，只有那么几栋两层的楼房。并且跟奇沙兰这座城市一样，大学也缺少规划：没有大门，没有生活区，没有宿舍。一到放学时，整个学校人去楼空，就像荒村客栈。这与国内高校的灯火通明简直没法比。

这就是我工作的奇沙兰，表面像个大集市却内含高等院校的不大不小的奇沙兰。

大气候、小天气

印尼的大气候——还是以教科书上的介绍来说——属热带雨林气候，没有寒暑季节的更迭，只分雨季和旱季两季，一般雨季从11月持续到次年3月，旱季从4月持续到10月。来到印尼之后，发现果真如教科书所说。

再看当地的小天气，相对于重庆的"巴山夜雨"，奇沙兰的天气可没有那么规律，且那里的雨水往往说来就来：只要抬头看见乌云，那就等着下雨吧。若遇上大雨，打伞也没用。我们刚来时，当地的老师就告诉我们，在这儿买伞也没用，因为雨小的时候用不到，雨大的时候用了跟没用一样。不过我们没"听话"，还是买了伞，毕竟要在这儿生活一年嘛。尤其是我们每天西装革履的，干的又是为人师表的活儿，若一不小心淋成个落汤鸡那可多丢范儿啊。不过，当地的雨好就好在它来也匆匆，去也匆匆，再抬头，雨水已驾云而去。

在夏天过新年

小时候，我喜欢问为什么。在我们村有一位小学老师，他是我家的老邻居，人称左老师。在我心目中，他就是能回答我"为什么"的那个人。记得很小的时候，我曾经问他，我们为什么要在冬天过年。当然，这个问题没难住博学的他，他以他的言传身教给我讲了一长串有趣的故事，让我的这一难题得以解决。然而，时间流逝，我只记得一点，他说最初人们是选择在夏天过年的，但是夏天天热，好吃的容易放坏，后来也就改成了在冬天过年了。当时的我不知道他的回答是否科学，但从他那绘声绘色的讲述中我想到了爷爷奶奶、爸爸妈妈过年确实要准备很多好吃的，什么煎的、炸的、鸡鱼肉蛋。于是我信服地点了点头。而如今，这个看似谎言的解释却在印尼变成了现实。长这么大，我第一次没在家过年，而且没在国内过年，没在冬天过年。

2012年1月23日，印尼时间23点，国内龙年的钟声敲响了。我一边感慨新年真的到来了，一边又觉得还是少了些什么。彼时的我犹如坐在暖炉中静思，凉风习来，偶感心头一阵凉意，可睁开眼依旧闷热，汗流不止。

氛围都是人造的。虽远在异国，身着夏装，但春节犹如一道命令、一个任务，要我们无论身处何境，都要用心过好年。祖国母亲养育了我二十多年，这还是第一次离开她的怀抱。刚刚学会生存便要学着打理一些大事。我认真地摸索起来。

今天，没有人给我买过年穿的新衣服了，我就自己去买，像小时候过年一样，把自己装扮一新。

今天，没有人给我压岁钱了，我就学着大人的模样给比我小的孩子发红包。

今天，没有人给我包饺子、炸丸子、准备丰盛的年夜饭了，我就自己动手。

今天，没有人领着我挨家挨户拜大年了，我就学着大人的模样拱起了手，怯怯地道出"恭喜发财"。

除夕这天真的好忙！

晨雨过后，我去换了些包红包用的零钱。在一家华人开的金店内，我顺利地拿到了100张1 000印尼盾的纸币，一沓又新又厚的钱握在手里那叫一个踏实。随后，我又去充了5万印尼盾的话费，以备初一拜年之用。之后转身去了我常去的那家超市，买了看春晚时吃的零食及饮料，还幸运地找到了我寻觅许久的面粉。说实话，我已经近三个月没吃过面食了。这次意外的相遇犹如他乡遇故知，令人倍感亲切。

正当我和同事们包着红包时，一个电话打来，我们不用做午饭了——大家被邀请去佛堂吃斋。饭后，我便拎着佛堂送的水果匆匆往家赶，因为我要去买菜，为晚上的年夜饭做准备。

我买了鸡和鱼，一只小鸡5万印尼盾，一条鱼1.8万印尼盾；

还买了许多青菜和一些调味料。年夜饭的原料基本采购停当。但猪肉一般在早市上卖，所以这次没买到，猪肉馅的饺子便吃不上了。不过即便我买到了猪肉，也没希望吃上饺子，因为家里连个剁馅的刀都没有。

把菜送回家，我觉得还是要买一件新衣服。尽管衣服已经多得穿不完，但毕竟是过年，所以我又马不停蹄地跑到一家华人商店买了件T恤。

下一步就要准备做年夜饭了。但是在此之前，我还要忙一件事：给朋友送祝福。坐上Becak（三轮车）后，我跟着车夫一路寻找，终于找到华人同事家，并顺利地把中国结送到了她手里。我还帮她把春联贴好，她热情地回馈了我很多水果，并说，你送我幸福，我送你富贵。

一直忙到天黑，我才开始着手做年夜饭，还不忘给学生们发短信，让他们来领红包。因为买到了面粉，我决定一试身手，终于吃到了正宗的炸面食。记得有一次在电视上看到一种烤饼，让两三个月没吃馒头没吃饼的我馋得不得了，当即有了想做饼的冲动。

按照爷爷的叮嘱，我这次特意买了鸡，做了土豆炖鸡块。鱼象征着年年有余，我也做了一盘。另外在桌上摆了几盘各色零食，倒上酒和饮料，让陪我过年的学生们边看春晚边享用。

通过自己的努力和学生们的热情陪伴，本来孤单的除夕夜被调配得有滋有味。唯有对家人的思念无法弥补，我在脑海中想象着：嗯，这会儿家人们该吃团圆饭了；哦，这时妈妈在上供；对，哥哥肯定在看春晚……

讲卫生的印尼人

印尼人爱干净的程度我觉得可以称得上世界之最了。他们有勤洗澡的习惯,早晚都洗,至少一天一次。换衣服也很频繁,往往一天几套(一套也就是短裤和汗衫)。来印尼之前,听说若不天天换衣服会被学生嘲笑。我当时还不信。直到有一天,我下午和一个学生出去玩,到晚上又和他出去时,他发现我穿的依然是下午见面的衣服,便说:"老师,你没换衣服啊!"我服了,这可是一天啊。不过我还是坚持了自己的习惯,不换衣服。因为我习惯换衣服之前洗个澡,况且我洗澡一般是在临睡时,所以不管多脏,没洗澡我是不换衣服的。

一次,我去了小城亚萨汉,学生带我去吃饭。由于不是正餐时间,就随便找了一家小餐馆。那天小雨,微冷,加之晕车,所以我没什么胃口。看了餐馆的环境我更加坚定了不吃的想法:餐馆本身就是在路边搭建的简易小棚,地上是一踩一陷的沙地,仔细看去,虫子在上面乱爬。锅盆在外,油菜乱放,不见冰箱……趁学生们吃饭之际,我去厕所瞧了瞧,可没想到,厕所竟给人富丽堂皇之感。它在正经的房屋之内,瓷砖地面,白灰粉墙,干净极了!

印尼的厕所比较特殊,它不是带按钮的水冲式的,而是要舀水自冲。印尼厕所的设计是在便池旁边围一个方形水池用来贮水,水管接入，如厕的人可以在水池内洗手、洗澡，之后舀水池里的水冲厕。此法多多少少可以提高水的利用率，但实在不方便。

独有特色的着装

生活在印尼有个莫大的好处，那就是不用年年储存和晾晒冬衣。在中国，穿衣服是一年新、二年旧、三年洗洗还没露。旧衣服堆成山，占空间还费工夫。而在印尼，厚厚的秋冬衣用不着，薄薄的单衫穿旧了扔掉也没什么可惜的。所以，生活在印尼就俩字：简约！

我的教学论周计算，穿衣也不例外。周一至周日，天天大不同。所以，我鼓励女性朋友们来印尼，在这里，她们不但可以天天秀服装，还可以天天穿裙子。

和日本的和服，中国的汉服、唐装一样，印尼也有自己的民族服装：巴迪衫（Batik）。巴迪衫很像中国的一些老人爱穿的那种单衣，它最大的特色就是花，从边儿到沿儿都是各色的花，且是大花。以国人的审美观来看，巴迪衫多半是思想比较另类的人才会穿的；而在印尼，上至总统大臣，下到贩夫走卒，都以穿巴迪衫为荣。更有趣的是，它的影响力几乎遍及东南亚。有几次，我在报纸上看到，马来西亚新上任的国王就是穿着巴迪衫登基的；新加坡总理来访时也和印尼总统一样，两人是穿着巴迪衫会谈的。

在印尼的学校，老师也好，学生也罢，穿着都是很讲究的。作为老师的我们，星期一的时候和学生一样，穿印尼童子军组织

Pramuka的服装，因为要戴红领巾样式的红白相间的三角布，所以我们中国的老师们都称其为少先队服。星期二和星期三是西装打领带，里面的白衬衣必须一天一换。星期四是白衬衣搭配当地的一种军绿色的裤子。星期五是巴迪衫搭配那条军绿色的裤子。星期六比较舒服，但也是同一色调和款式的运动衣。只有星期天你才有展示个性的机会，穿衣自由。

由于我们是"外教"，会得到当地教育部给予的优待，比如Pramuka的服装、巴迪衫以及运动衣都是免费为我们提供的。我来这儿前只从家里带了一套西装和一件休闲装，现在满满一柜子衣服了。而我的同事，光夏天的衣服就带了七八套，周周不同，轮换着穿一遍也要两个月，在这里做自己还挺难！

我遇到的印尼华人

印尼的华人和国内的同胞长得一样，并没有被赤道的紫外线晒黑，相反，在这里看华人觉得更好看了，也许是心理作用吧——在海外遇到自己人感觉非常亲切。

还是说到我那个幽默的邻居左老师。我爸爸没读过多少书，听说印尼有很多华人，爸爸便问他什么是华人，他"一本正经"地告诉我爸爸说，"滑人"就是不干活的人。说完，我们相视大笑。因为在我们农村，形容那些懒人怕干活，见活就溜的行为为"滑"，常批评一个懒人"滑得跟泥鳅一样"。这次左老师用谐音将"华人"做了另一番解释，令人捧腹。不过，在我们眼里，"华人"

恰恰是勤劳的群体。因为他们走南闯北，在全球各地用汗水打拼出一片天地，又牢牢地守住财富，壮大自己，恰是勤奋的最佳代言人。

印尼典型的华人家庭是那种爷爷奶奶会说闽粤方言、识汉字，爸爸妈妈不会说普通话也不会写中文，不过多能听懂其父母的闽粤方言，而孩子是闽粤方言、印尼语、普通话全会，不过最差的也是普通话。

尽管我们出生在中华文化的大地之上，但海外这些华人的生活、礼节和对传承中华文化的那份赤子之心是我们很多人都无法相比的。举几个小例子吧。《弟子规》想必大家都听说过，那么有谁知道它是什么时代的读物，有谁认真读过它，又有谁曾把它作为个人的行为准则？我本人是中文系的研究生，我知道，如果拿这三个问题问我的同学，十有八九得到的是否定的答案。而在印尼，当地的华人把它当作治家教子的"家训"。刚来印尼的时候，我的学生就跑到办公室问我："老师，你知道《弟子规》吗？"我一听就立刻紧张起来，因为我怕他问我《弟子规》的内容，碍于面子我只好镇定了一下说："知道。"于是，他便高兴地背起来："弟子规，圣人训。首孝悌，次谨信。泛爱众，而亲仁……"。初闻《弟子规》内容的我当时就把头几句记下了，回家之后立马查了起来，对其做了进一步了解。后来我才知道，这些孩子每周都有一节讲授《弟子规》的课。在印尼社会，佛堂的人也把它当作佛经天天诵念。这在《弟子规》的家乡中国，则久不闻人诵矣。

《弟子规》主要传播的是道德教育，教育孩子从小树立正确的价值观，以达到君子的标准。像《弟子规》一样，中华传统文化的很多国学经典都讲修身养性，培养谦谦君子。

说到吃饭，我们常说节约是美德，在食堂、饭店里也常见一些警句，比如"一粥一饭当思来之不易，半丝半缕恒念物力维艰"。然而，据说我国每年浪费的粮食有上亿吨，星级酒店每年浪费的粮食相当于百万人一年的口粮。我就习惯"留饭根"——碗里吃不干净，这也被我妈妈教育过，但改不了。记得第一次被校长拉到饭店吃饭时我很失望，因为我们四五个人，却只点了三菜一汤，还全是素的，最后看到校长他老人家把盘子扒得干干净净，我首先想到的就是"抠门"。后来和校长出去吃的次数多了，渐渐发现他身上的传统美德：节俭。不光是他，同餐的所有华人餐后的盘子都像洗过一样干净，而我回回都是"杯盘狼藉"地落下汤汤水水，最后一扫视觉得自己很丢人，后来我也慢慢克制了，吃多少点多少。

再举个过节的例子。大家都知道元宵节要挑灯笼，可是为什么要这么做呢，我想可能老人们能说出个八八九九。小时候常听大人说，十五挑灯笼出外走走能驱灾避邪、身体健康，我也曾和小伙伴们出去走走。可现在大家都在家吃汤圆，很少有人出来了，更不知道这一习俗从宋代就开始了，学名叫"游百病"。比起我们十五之夜的冷清单调，印尼华人的庆祝方式可谓"全民狂欢"。他们倾城出动，来到街上游行，那盛况定能把疾病的"妖魔鬼怪"

吓跑，加之人们乐观的精气神，不健康才怪呢。我想，这些华人是真的能体会到"游百病"的真正含义吧。

礼仪之邦

来印尼之前，我的心情很复杂。一方面，我觉得去这个翡翠般的国度过冬是一种幸运，而且因为肩负着文化传播的使命，所以凡事都在往好的方面想；但是另一方面，每每想到曾经的"排华"事件，都让我对印尼人多少心存芥蒂。可当我真正接触了他们之后才发现，人和人是不同的，千万不要戴着有色眼镜去看待所有人。常言道，"人上一百，形形色色"。其实，哪里都有好人与坏人，哪里的人都懂得你对他微笑，他也对你微笑。渐渐地，我放下了多余的警惕，和当地人打成一片。当我真心地和他们交流、友好地和他们相处之后发现，他们何尝不乐于与我交往啊。在印尼的生活体验让我明白了微笑无国界，肉长的人心都一样。

中国一向以"礼仪之邦"自居。客观地说，印尼人也是我见过最讲究礼仪的。

每天早晨，学校的大小领导都会一齐站在校门口迎接孩子们，那阵势就如同迎接领导似的。学生们也都很有礼貌地提起老师的手——不管是哪个老师，连我们这些年轻的外教也不例外——一个一个地贴下额头表示尊敬，然后才会进教室。

每周一有学校例行的升旗仪式。在国内，这种仪式并不是在所有学校都常见的，有很多学校也只是简简单单地升个旗而已。

印尼学校的升旗仪式十分隆重，甚至可以称得上烦琐。唱国歌那就不用说了，而且是真唱；然后是唱校歌；紧接着是背学生守则，有老师带领，像宣誓一样；还有两次默哀，一次是为民族烈士，另一次我也不知道是为了谁；两次敬礼，一次是全体学生敬礼，一次是全体师生敬礼；最后是学校副校长和校长的讲话。所有程序下来往往需要1个小时。

吃饭前，学生们会尊敬地把长辈叫一遍，然后才动筷子。在佛堂，他们喊"师父吃先"（先吃的意思，受母语makan dulu的语序影响）。和老师一同吃饭，他们喊"老师吃先"。记得有一次，我深深地被他们尊重长辈的美德所打动。那天我受一个学生家长邀请去饭店用餐。吃饭之前，年龄比我大得多、都可以作我长辈的家长客气地说"老师吃先"。等我快吃完的时候，来了一桌学生，他们坐在我们邻座，中间隔着一条走廊。本以为他们不会理我们，直接吃，因为毕竟我们已经吃了很久了。可没想到当他们的菜上齐，准备动筷时，他们对我说"老师吃先"，得到我的回应之后才开始吃，那份诚意真令人感动。

橡皮时间（Jam karet）①

2011年的大年初六，我来到上海开始了赴任印尼前的培训。4月

① 橡皮时间是印度尼西亚文化中的独特时间概念，形容时间如橡皮筋一样具有巨大的弹性，具体指代约定时间的灵活性，如迟到15分钟甚至1个小时以上都不会被视为不礼貌，反而是一种常态。

20号，培训结束。我们得到的"口谕"是大概7月份出国，于是满心欢喜地各回各家，安排自己在国内的最后一段时光。我先回到西南大学，忙着完成毕业论文。7月7号，我踏上了回老家的火车，准备跟家人告别。谁知这一回家，出国一事陷入了遥遥无期的等待。8月，在家已经待腻的我还没看到任何赴任的迹象。9月，来了点儿希望，签了就业协议，可此后又无下文了。10月，本打算在国外欢度国庆和过生日的我不得不失落地在家忙秋收。11月7号，在长期痛苦和煎熬的等待之后，我才终于踏上赴任的班车。此刻的我，一点也没有即将坐上飞机的兴奋劲儿了。不过话又说回来，我还算是幸运儿，因为印尼劳工部只给我在内的58个人"放行"了，剩下的37个人则不知要等到何年何月。看看我们当年在QQ空间里的留言就知道那种等待有多痛苦了："再等下去我就无颜面对江东父老了""上帝啊上帝，只求速速赴任""等等等……""以后做任何事儿，我都不愿再等待，这种漫无目的的等待比失恋还痛苦，失恋了我知道下一步要去追，可等待，我永远不知道下一步该做什么"……

　　后来到了印尼我才明白，这几个月的等待都不算什么。记得刚到奇沙兰一周后，我们要到移民局报到。车行几个小时后到达，然后我们便在那儿等，可我不知道为什么等。又过了几个小时后，校长说，走吧，吃饭去，明天再来，电脑出毛病了。一天就这样没了！第二天我们又去了，又是等，后来终于进去了，可光是拍照就摆弄了几十分钟：电脑摄像头旧了不好用，鼠标点了没反应，试了好久才成功。最后工作人员早早地开始收摊，因为下午2点是他们的下班时间。

每次出行我都要问路上要花多长时间，因为我不喜欢坐车，时间越短越好，这样我身体能舒服些。可每次他们预计的时间都和我亲自经历的不符。渐渐地，我也总结出了一条规律，凡是他们告诉我的所需时间我都要乘个2。一次要去兰都交流，校长说车程大概2个小时，临上车时我想打退堂鼓，因为兰都是小城镇，没什么可看的，但禁不住那里的两位中文老师的邀请，我便坐上了那满是浓重异味的小轿车。路上我一直在睡，一觉醒来到了镇上，此时车已经开了将近4个小时，而他们的学校还不知躲在镇子的哪个角落里。

网上有这么一种说法，说印度人是懂得享受的。一个乞丐在行乞的路上睡着了，一个人看他可怜便扔给了他一枚硬币，硬币的脆响声吵醒了熟睡的乞丐，没想到乞丐起身怨道，"谁让你吵醒我睡觉的！"然后麻袋一掂又换个地方睡觉去了。其实有些印尼人也和这很像。富足的自然资源带给他们丰富的食物和获取收入的渠道，但他们似乎不懂得储蓄，给我的感觉就是挣一个花一个，逍遥一时是一时。我印象最深的是一次去陪朋友定做新年穿的衣服。当时离新年还有一个月，店主人把我们请进家，问了一下情况，然后翻翻日历，毫不在意似的说他已有几件衣服待做了，新年前衣服恐怕赶不出来，让我们还是换个店。此言一出，我震惊了，怎么送上门的生意都不做，不可思议。况且还有一个月的时间可以准备，即使再忙，每天抽出一点点的时间也是可以把一件衣服搞定的啊。我不懂印尼人是怎么想的。后来了解了印尼人悠闲懒散的习性后，对此也就见怪不怪了。难怪印尼当地的报纸都自评印尼人是世界上最懒的民族。

懒散带来的是生活的慢节奏。印尼人每天只上6个小时的班，下午2点，学校、银行、政府部门等就统统关门了。印尼人的口头禅是"pelan-pelan"，意思就是"不急、慢慢来"。这种"不急、慢慢来"的特性致使印尼的基础设施建设极其落后，雅加达上班族的很多时间也都浪费在堵车、慢车上。在第一次赶往奇沙兰的路上，校长神气十足地介绍说，这条路就是通往奇沙兰的了，它是纵贯苏门答腊岛的一条干道。此言一出又惊到了我，因为我压根没想到脚下的这条路是纵贯苏岛南北的大动脉。低头看看它，破破的、窄窄的，中间一条分道的白线都没有，像极了我们老家的乡村公路。我这一听到"纵贯"就联想到京珠高速的头脑对校长口中的介绍久久无法赞同。又行了一段，看到路边零星有几个人在铲草，校长又介绍说这是在给公路加宽，于是我赶紧问什么时间能完工，因为我希望明年回去的时候车速能快一点。结果校长给我的答案令我大跌眼镜：差不多十年后吧。这对于习惯了"中国速度"的我们真的难以接受，因为我们铺设京九铁路这样的浩大工程也才用了大约三年啊，北京的一些奥运场馆的建设也都是在两三年内相继完工的。我想，等他们铺好了，这条"乡间小路"也落伍了吧。难怪修建棉兰的机场高速要找中国人，我很骄傲，他们是找对人了。

印尼流行"老少配"

当我实际接触下来觉得，印尼人虽貌似很保守，实则很开放。

我教的学生当中有不少是属于男老女少的恋爱情形的。我和我高三的学生参加毕业旅行时，一个男生和我谈及，他暗恋了一个女生好久，但是对方已经有男朋友了，她男朋友在棉兰工作，27岁。我震惊了，一般一个高三的女生年龄不会超过20岁，能接受一个比她至少大7岁的男生确实是蛮少见的。

如果这个令我震惊，那另一个高二学生的情况则吓了我一跳。一次，我和一个男生无意中聊到了这位高二女生，她早已和这个男生的表哥订了婚约，而这个男生的表哥已经30岁了，等到女生高中毕业他们马上就结婚。高二的女生和一个30岁的男生怎么着也要差个10多岁。由此可见，在真爱面前，年龄还是问题吗？

因为我和我的同事盛老师当时都还年轻，所以会被别的老师问及婚恋情况。也正是因为我们年轻，所以和学生们相处时才无话不谈。当然，我们和学生聊天的兴趣点也都在婚恋这个话题上。聊得多了，对印尼人了解得也就多了，也就发现了印尼还挺流行老少配的，他们的婚恋观念要比我们开放得多。

印尼的婚礼

一直以来，我都想观看一场地地道道的印尼传统婚礼。我看到其他中文老师都分享了不少这方面的文章，可我一直没有得到机会。就在我第一个任期结束，准备回国前，印尼华人潘老师就给我送来了这样一个机会，她说5月25号要带我参加一场婚礼。

当天，我带学生练完歌都快中午了，担心赶到婚礼现场会很晚。潘老师说没问题，于是我俩坐上一辆Becak便出发了。

新人的家不远，房子在一个河边。我们一到便得到主人的热情款待。潘老师带我来的目的很明确，让我深入地体验一下印尼的婚礼文化。和主人打完招呼后，我们便进入屋内和新娘子见面。年轻的女子身着一袭耀眼的长袍，颈间佩戴着多圈的金色项链，脸上轻施粉黛，头戴一顶金冠，整个人都给人一种自带"贵气"之感。和新娘握手表达了祝福之后，我便随潘老师一起把红包交给了新娘的妈妈。令我奇怪的是，我看到潘老师和当地人都是用白色纸包的礼金，这背后的文化和学问是我不懂的。

之后，潘老师提出和新娘合影的请求，这也是我的愿望，新娘子也高兴地同意了。

走完这些礼节的流程，我们便去用餐了。像在食堂打饭一样，组织者给我们每人发了一个盘子。鸡块、辣椒，喜欢什么就可以拿什么。时值午后1点多，正是一天最热的时候，为表示对东家的尊重，我那天特意穿了一件长袖衬衫，此时把我热出了汗。餐桌对面是助兴的歌舞表演，那音响的声量大得简直可以震碎玻璃。在这样的环境下，我们还是用完了餐。我记得我旁边坐着一位热情的阿姨，她对我微笑，时不时地和我聊一些轻松的话题。她显然对有外国人来参加他们的婚礼感到欣喜，并表示出竭诚的欢迎。

因为印尼人的这类婚宴是随到随吃，随吃随走的，所以场面不怎么热闹。加之天热，我想逃了。但后来一打听，才知热闹的还在后头，因为新郎要出场了。于是我决定再耐心等等。

过了好一会儿，终见新郎"驾到"了。他一袭黄袍，被一群"仆从"簇拥着，还有人在一旁撑着一把金黄的伞，如同帝王的华盖。我们跟着新郎的队伍往新娘的住地走去。快到时，几个舞者翩翩起舞，以示欢迎。舞毕，两个女子在道上拉开一条布，直到新郎那一方交了"买路钱"她们才肯放行。新郎终于和新娘团聚，二人共坐"龙椅"来接受人们——"朝贺"。这种祝福的方式很特别，人们先是往新人身上撒些花蕊，再用好似芭蕉叶的东西蘸点儿水洒在新人手上。新人的手都被染过颜色，暗黄暗黄的。最后，一部分人端起一盆纸质的、红色的树——有点像国内的殡葬用品"摇钱树"——在新人的面前走过。

一路上，我跟着摄影师一道记录下了这场仪式，整个过程好似看了一场电影。

半年后，在印尼的第二个任期，我又一次参加了当地的婚礼，而且是一天两场。

11月11号，和我有过一面之缘的余先生到访。我对此感到惊讶，因为我和他在前一天的晚会上才相识，没曾想他这么快就来学校找我。我倍感荣幸。他说要带我去参加一场婚礼。于是，我迅速地换好衣服，同他一起出发了。

这场婚礼似乎不简单，门前两排迎宾小姐足以显示出这家主人的派头。余先生在迎宾处签下了自己的名字并送了红包，进大厅和东家握手表达祝福。我随在余先生左右，乐此不疲地被余先生以外国人的身份介绍给众多朋友。宾主相见之后，我们便开始用餐。当时是印尼时间的下午3点，半晌不夜的，所以我们也没有食欲，不过还是象征性地尝了一些餐品。我俩每人端个小盘，也没围坐在桌子边，就端着站在巷子里吃了起来。吃完也没再打扰东家，放下盘子便走了。

随后，余先生带我去了一座庙观，是三教合一的，他希望我在这里可以多结识些华人。之后，余先生想回家休息了，也邀请我一起去他家，因为晚上他还要带我去参加另一场婚礼。

在我造访过的那么多中外家庭中，余先生家的装饰是最豪华的。从外面看，灰色的外墙和低矮的房屋并不起眼。然而，一进屋内便如进了地下宫殿，内部装潢十分华丽。住宅采用三进式布局，空间深邃。一间一景，装饰得金碧辉煌，尽显豪华和气派。

余先生打开沙发椅，舒服地躺在上面小憩。我则尽量放松，喝茶读报，以掩饰自己对这房子豪华程度的震撼。

下午6点，我们准时到达婚宴现场，地点在Purwokerto最豪华的Aston酒店，这家酒店还是当地最高、最新的建筑。

进入Aston酒店后，我被电梯两旁的精致装饰所吸引。乘电梯来到二楼后，看到的是迎宾小姐带着如花般的笑容迎接我们。我在入口处用中文签下我的名字，然后步入宴会大厅。厅内的宴席足足有七十桌，场面十分壮观，宾客几乎全是华人。在司仪的引导下，新郎新娘在双方父母的陪伴下如梦似幻般地登场了。由于场地太大，我们又坐在最后排，只能通过大屏幕来观看婚礼仪式。

主要仪式结束后，便开始上菜了。菜的种类不多，有七八道，但每上一道菜都要好久。最后一盆汤端上来时，我还没觉得饱。虽然菜都是中餐，但口味我却不敢恭维。如果在中国，就算是一般的小酒馆，也不敢聘这样的厨子吧。

后来，我比较了一下我参加的第一和第三场婚礼，前一家是印尼人的婚礼，后一家是华人的。前一家的这场是我参加过的印尼人婚礼当中最气派、最热闹的，而后一家的这场是我参加过的中外婚礼中最盛大、最豪华的。然问及余先生对后一场的评价，他说规模"中等"。余先生的评价令我惊愕。照此说来，印尼人的那场可能连中等都不及。我不敢想象华人的上等规模的婚宴该是何场景。这两场婚礼还有个共同点，那就是东家都会向宾客回馈礼物。可见，当地受礼教之影响颇深。

这三场别样的婚礼让我拓宽了我的眼界，也为我在印尼的生活增添了难忘的一笔。

印尼旅游散记

在印尼从事中文教育工作时我还年轻，是个在读研究生。如今离开印尼已十多年了，真是时间不经花，弹指已华发。如今人事变迁，细检回忆，昨日重现。兹罗列印尼游记，以今日之眼观昨日之记，成当下之思，或可补于世。

多巴湖之旅

在印尼，来年三四月毕业的高三学生都会在这年的寒假开始
时来一次毕业旅行。他们或游山，或玩水，集体出行，享受高中
时代最后的快乐。不过因为印尼是热带，他们的寒假不寒。

一年圣诞节后，我和学校的师生一起去多巴湖毕业旅行。多
巴湖是世界上最大的火山湖，也是印尼最受欢迎的十大旅游地之
一。我们一行几十人，带了很多东西。每个学生背着包，装上换
洗的衣物、零食。相机、墨镜也是他们旅行必备。大家路上要喝
的矿泉水，做饭用的大米、玉米、锅，以及野炊用的木炭、烤夹
和食材等等统统被我们搬上了车。这种规模的旅行，在我眼里更
像搬家。和我崇尚的小包一背、轻松上阵的旅行风格大不同。

这一行，我们的汽车有1个小时的时间都在S型的起伏山路上
行驶。当然，这次我也免不了晕车。

到了目的地，下车后全体师生集合，听校长讲话。在骄阳下
苦挨了许久，结束后终于可以去酒店休息了。我通过走廊看见，
多巴湖和我们的酒店只有一窗之隔，浩渺的湖面，和从湖水上吹
来的清新的空气，顿时将我这一路的疲劳困顿一扫而光。又一次
得以亲近大自然，我兴奋不已。

第一天下午没有活动，晚上是烧烤，当然用餐过程中少不了
唱歌。学生们唱起了我教他们的《新年好》，他们也教我唱印尼

歌。大家围着篝火载歌载舞，快乐异常！后来大家的肚子饿得咕咕叫，我们端出蒸好的米，拿出炸虾、番茄酱等。学生们为我送来刚烤好的鱼、鸡，礼貌地说，老师吃先。可惜这些食物不合我的口味，还缺汤少水的，我没吃好，后面接连两天我都没怎么吃。这一次体会到有一个厨房的重要性了。

第二天，学生们驱车1个多小时去一家博物馆参观。我因为晕车就没去，等状态好些了，就去多巴湖里游了泳。那天有点雨水，下午学生们回到基地，不顾雨后天冷，也纷纷跳进了湖里游起泳来。因为次日就要回程了，他们热情地邀请我一起，于是我又一次下水了。但我实在是觉得太冷，不时上岸披上浴巾暖和一下。

因经费有限，我们的多巴湖之旅还没深入便匆匆结束了。

其实，多巴湖中央还有一个小岛，很值得一游。它长约7公里，宽约2.5公里，面积约占全湖面积的1/3，名叫"沙摩西岛"，与湖岸有狭长的人工堤相连。岛中还有水，水中还有山，山环水绕，景色绝妙。岛上还有座王陵，距今约两百年。陵墓前有棵粗大的"圣树"，冲出地面而隆起的树根上能坐很多人，足见此树之大。遗憾的是，这些都是我后来从网上搜到的信息，游多巴湖不登沙摩西岛真乃憾事也。

棉兰之行

第一次真正在棉兰游玩是和我的学生们一起，在这三天的旅程里，我步入了2012年。

与其说是旅游，倒不如说是购物。因为这三天的时间里，有两天是在商场里度过的。而棉兰的景点，甚至这座城市的面貌我都没看到。每天我的嘴中都不停地重复着"Bosan"（无聊）。

因为我不缺衣少食，况且也未到回国采购的时机，所以逛商场对我来说毫无意义。可我的学生们却乐此不疲，到棉兰的第一天就直接杀进商场，而且一进去就是一天，吃饭住宿全在里面，室外的棉兰长什么样子我一点儿都不知道。等到第二天下午2点，他们才带我出去，驱车几十分钟，路上得以一览这座城市的真容。可下车后我一看，又到了一座商场，无奈和他们进去又待到了天黑。我十分无聊，想着如何打发时间，又没什么能做的。棉兰不像中国有公共交通，想到哪儿玩可以根据路线安排，只能坐Becak或Taksi（出租车），但我又不会说印尼语，怕遇到坏人。无奈，我只得亦步亦趋地跟在学生后面，尽尝身不由己的滋味。

这次光临的商场在棉兰当地算大型建筑了，远眺它鹤立鸡群，登上其顶楼便可俯瞰全城。这样7层高的"巨无霸"在当地人眼中是标志性建筑。对于见惯了都市里高楼大厦的我们来说，棉兰更像一个被放大了的城镇或县城，多少令我有些意外，也实在难将其与"印尼第三大城市"挂钩。

但我们住宿的地方倒是一流的。我们住在佛堂里，接待我们的是一位华人师父。晚上我们直接睡在地板上，那里一尘不染。佛堂后面是一个小区，小区里有泳池、亭阁、曲径，环境优雅、洁净、甚宜养生。在这里我可以天天去游泳，甚至一天游好多次，让我充分体会到了在热带生活的便利和惬意。

雅加达之行

2012年6月，印尼华人吴老师带我们畅游了雅加达。它是印尼，也是东南亚的第一大城市。这次是我来印尼一年以来，第一次有机会详览其貌。

这一天，我们的目的地是印尼文化主题旅游公园——印尼缩影公园（Taman Mini Indonesia Indah）。雅加达的周日不堵车，因为上班的人少，所以我们很快就到了。

去缩影公园之前我们先来到了一所博物馆，那里是收藏国礼的地方。我见识了无数稀世珍宝，还看到很多已故总统曾收到的礼物。人去物存，物是人非，这次参观给我的最大感悟就是，人只有灵魂是自己的。常言道，钱财乃身外之物。人赤条条地来，终究要赤条条地去，金银珠宝苦心搜刮，但终究还是会被时间夺取。食能饱，居能安，衣能暖，足以了却一生。唯有人生百味，需自己品尝，守护心灵才是人一生要用心经营的。

结束博物馆的参观后，我们进入了缩影公园。公园很大，内容涵盖了印尼的34个省，景观体现的是各省的文化特色，还可以看到很多各地传统特色的建筑物。由于巴厘岛是很多人的梦，我们开进公园后就没下车，直奔巴厘区。在巴厘区，我们还幸运地遇上了难得一见的巴厘风情舞蹈表演，我借机在一座巴厘风格的建筑前摆出舞姿，留下了珍贵的照片。

由于时间紧，公园又很大，我们只能走马观花，接着直奔下一站Monas。Monas是印尼的民族独立纪念碑，有"印尼埃菲尔铁塔"之称。碑高137米，顶端有一个用35公斤黄金制成的火炬雕塑，象征着印尼人民取得独立的决心。该碑历时十四年于1975年正式建成并开放，对于当时的印尼国力来说不啻为修建万里长城。碑座如倒立的屋顶，衬托得修长的碑身如同一把利剑，直刺苍穹。纪念碑地下室是陈列印尼独立史迹的博物馆，从地下室乘电梯可直达碑顶，俯瞰全市风貌。在那个年代，设计师就已经考虑到用电梯，不得不佩服他们的高瞻远瞩。

再赴 Cilacap

2012年11月，我的助教Dani带我去移民局领暂住证。为了照顾我，Dani骑了摩托车，既能让我免晕车之苦，又能饱览沿途风光，我特别感动，不知该怎么感谢他。不过实际感受下来，这一路真是惊心动魄，远没有想象的那般美好，主要原因是Dani开摩托车那70码的夺命速度。

飞驰了大概50公里后，我们到了移民局办业务。由于印尼有"橡皮时间"这个概念，等暂住证的工夫给我们提供了充裕的游玩时间。我们先到了Cilacap的海边吹风，又去了二战时日本的监狱遗址参观，最后仍有时间逛几家超市。真是"佩服"印尼人的办事效率。

这是我第二次来到Cilacap。Cilacap的中文名是芝拉扎，它是位于印尼爪哇岛南岸的港口城市，南临开阔的南印度洋。这天天气非常好，晴光下的海水美如画。在海边，我们看着远方的巨轮，时而涉浅捉蟹，时而沿堤散步。海对于我来说，总有玩不尽的趣味。

日本的监狱是二战的战时监狱，也是Cilacap的一个不太热门的景点。监狱的城墙坚固，门小房深的军人住房外是护城河和小桥，走在其中，仿佛能看到战时迫害军民的可怖的光景。只叹日本人心之狠毒。

游婆罗浮屠塔

婆罗浮屠塔（Borobudur）是世界有名的印尼古建筑遗迹，其名气可与旅游天堂巴厘岛和印尼国宝科莫多巨蜥比肩。比起巴厘岛如天堂般的自然风光，我更欣赏婆罗浮屠塔，这也许是我性好古的原因。

婆罗浮屠塔被高大的绿色植被环抱，四周是群山，颇有"深山藏古寺"之韵。走近绕行一周，方觉其小也。关于建筑、宗教，我均是门外汉，无法领略婆罗浮屠塔建筑的造诣和宗教的旨趣，只能就其规模而观——群山脚下，愈显极小也。但风水不错，四面环山。远隔尘世，乃佛家桃源也。尽管被群山映小，但人近其身，亦尊其大；触之，其坚；思之，其老。

既对建筑不了解，不如索性弃探索而尽玩兴。于是借其尊容，惬意掠景，或于其上练武，嬉闹，亦人生最难忘事也。

游 Logending 山洞

2012年12月，我被同事Pak Agus邀请去他Logending的家中做客。他说要带我去看个山洞，我满是期待，因为迄今为止我还没钻过山洞。

到了我才知道，那是当地的一个旅游景点，门票不贵，7 500印尼盾。因为不是假期，景点并不热闹，我们一路上只遇到两个游客。我本以为这个山洞是有鸟兽出没的天然山洞，原来是已被开发的溶洞。洞里阶梯回环，灯光闪烁。只是灯光不再鲜亮，石笋也消退了光泽，整个洞内黑白斑驳，苔绿丛生，仿佛空气也不再纯净了，估计刚开发的时候是更美的。令人不安的是，洞里的阶梯是往下延伸的，仿佛要穿往地心，我越往下越害怕。好在洞的规模不是很大，不一会儿就能浏览完。

出洞后，我回头看了看这座山，整座都是石灰岩，山脚周围都溶化了，像编起裤腿的脚，而山后正在开采石灰，看起来此洞并不安全。

游 Baturaden

Baturaden的中文名为巴图拉登，它位于中爪哇省，是印尼一个不起眼的小地方。2013年3月，我和当地的同事一起来到了此地，印象比较深的是那里的一片森林。树常见，树林常钻，可偌大的森林却是第一次穿越。听说这里的树的寿命不过百年，没有人工栽培的痕迹，站在其中，仿佛有置身原始森林之感。极目远眺，林木高耸，底层是一人多高的各类花木灌丛，植被层次鲜明。森林中有一条曲折的柏油马路，黄色与白色的吊钟花沿路而开，我们的车与之蜿蜒行进，惬意又令人陶醉。

车深入森林腹地，来到一处景点——七孔热泉。据说水是从火山上流出的，很烫。森林遮盖了它的路径，一块石头模样的东西上生出7个孔，热水从中泻出。经年累月，石上结成黄色的水垢，因化学反应还生出绿色的东西，整个石头黄绿相间，似溶洞里的钟乳石。

遗憾的是景点的开发滞后，热水就这样白白流掉了，能够供游客坐下泡脚的东西都难以找到。不过，也正因如此，景色才如此原始、纯真，让人难忘。我喜欢这种不太热闹的原始状态。

两年的印尼游给我的整体感觉就是，经济水平不高又如何呢？都市里被步履匆匆裹挟着的身心俱疲的人们，总要到那些能够让灵魂得以喘息的天堂去。那里是风景最佳的地方，即便它们名不见经传，是人们口中的所谓小地方。风景贵在自然，而自然常在险远陌生之地。正如诗人汪国真所言，熟悉的地方没有风景。

思念不已的印尼学生

写给那群让我

亲爱的印尼学生们，我常在想，你们是怎样的一群孩子。是含苞欲放的花朵，是古怪精灵的小鬼，是我异国他乡的亲人，还是坠入人间的天使……没有一个答案是恰当、完美的。有时候我这样劝自己，没什么的，不就是一群学生嘛，铁打的营盘流水的兵，来年我不又是一群娃娃的老师吗，何必太多愁善感？天下没有不散的筵席，忘了吧。

我尝试过，自离开奇沙兰的那一刻开始我就尝试过忘掉你们。可是，一个多月过去了，我飞过了两万多公里，电话不打，信件不发，但我依然忘不了你们，有时候还在梦里梦到过你们。为什么？为什么你们令我思念不已，久久难忘？

"终于还是走到这一天，要奔向各自的世界……"

当我唱起这首歌时你们已经哭得一塌糊涂了。一个月前的6月5日夜，是我在奇沙兰的最后一晚。那一晚不比平时的时间长，可我比任何时候都如此期待让时间慢下来。在本来时间就已很紧张的这一晚，我抽出时间与大家共享最后的晚餐。那一刻，我没想别的，只想与你们再多待一会儿。用餐时，我最多的感受是后悔，我后悔自己以前没有经常和大家聚聚。晚餐结束后，大家恋恋不舍地随我回家，我来不及整理的行李是你们帮我打理的。直到夜深了，你们才忍住泪水和我拥抱、告别。虽然当时我没有哭出来，可现在每每想起那场景，泪水总止不住地溢出眼眶。

今天，我习武回来的路上听到了熟悉的旋律，是张雨生的《是否真的爱我》。我的脑海里顿时浮现出 Defitri 的影子，不争气的眼泪又一次溜了出来。忘不了。我忘不了临别之际学校举办的那场中文歌曲大赛，忘不了 Defitri 深情的演唱，也忘不了大伙最后合唱的那曲《祝你一路顺风》。Defitri，谢谢你，谢谢你在我心里种下了这颗思念的种子。每当这些歌响起，你、淑芳、慧云……这样一群可爱的孩子的样子就会一一出现在我的眼前。

你们还记得不久前我和你们生气吗？你们聪明、爱学，汉语水平高，所以我对你们这个班寄予厚望，你们班也是我很看重的一个班。学校举办了"强盛杯"中文歌曲大赛，我热情地建议你们派出三个人来参赛。首先，我想到了汉语水平最好的慧云，可是你拒绝了，而且拒绝得很坚决，这让我有些意外和失望。淑芳，你的汉语也很好，可在关键的时候没能自告奋勇，因为害羞而不敢展示自己。Devitri，你嗓音洪亮，每次听到你喊"起立"，我疲惫的心情都会被你一扫而光，你的"起立"也是让我很喜欢在你们班上课的原因之一。我知道你还喜欢唱歌，综合这些因素，我认为你也是参赛的人选，可你也没有像平时那样争先恐后地报名，这令我十分不解。

你们不知道的是，其实这次比赛是我和另一个汉语老师费了很大的努力申请到的，奖品也是我们两个老师自己出资买的。因此，除了意外、失望，我那天还很生气。我在一个一向很喜欢的班里表现出了我的生气，而且是在我即将和你们告别的时候。我知道这样不好，我这样的想法或许是自私的，因为离分别越来越近，我强烈地希望自己能看到学生们会越来越好。后来，Devitri和淑芳报名参赛了，尽管还是缺了一个人，但我已经很欣慰了。

比赛时，淑芳献给奶奶的那一束花深深地打动了我和评委；Devitri的一曲《是否真的爱我》震撼全场。出人意料的是，你们竟然在强手如林的比赛里包揽了冠亚军。我激动得不能自已，跳上了舞台和你们紧紧地拥抱在了一起。

真琴，你饱含泪水的双眼我永远无法忘记。一学期以来，你认真学习，积极配合老师的每一次活动。忘不了我离开奇沙兰时你一直给我发短信，从上车到下车，从进入机场到候机等候，从棉兰起飞到雅加达落地，我走的每一步都有你的关注和陪伴。还记得归国的前夜，你还提议让我认你做妹妹。说到这个，我不得不说，我这个当哥的做得真的很不好，安全归国后的一个多月我都没向你这个妹妹报一声平安，你会责怪我吗？真琴，喜欢穿紫色上衣的女孩，平时课上不怎么爱发言，我一度以为你不喜欢我的课，没想到你搂着我哭得最难过。平时只知道你沉默，却没想到你是如此重感情的孩子。我当时都把你错认作别班的学生了，你还那么真诚地哭着跟我道别……说来惭愧，到最后老师也没能记住你们完整的印尼名字。请原谅老师吧，老师其实已经对此很自责了。

飞机在雅加达暂停时，你们的一封封短信传到了我的手里，稚嫩的文字里写满了思念。忘不了一聊就是一个小时长途的Wei wei，她的声音早已深深烙在了我的脑海里；忘不了第二天还给我发来短信让我上课的Sinaga；忘不了弱弱地告诉我她想我想哭了的Vita……读着这些可爱孩子们的短信，我内心最后的防线崩塌了，眼泪止不住地留了下来。我真的不知道自己做了什么能值得你们这样怀念，作为一个记不住你们名字的老师，一个没和你们聚过餐的老师，我心里满是愧疚。现在，我真的希望我们能有机会再见，真的希望我们将来还有机会再聚在一起。

归国一个月了，优美的Bahasa indonesia（印尼语）早已被我忘得差不多了，张口Anda（您）闭嘴Makasih（谢谢）的那些习惯也被我拗了过来。可在印尼的那段岁月则常想如新。有时候我会想当下的你们正在做什么。一个月没上汉语课，老师所教的是不是已经忘记了呢？

心玫，你遇到了汉语上的难题会问谁？

荣锦，你还守候在教室门口唱"老师我永远祝福你"吗？

振伟，你还经常光顾老师住的地方吗？

福生，《祝你平安》你还会唱吗？

…………

凉凉、佩琪、为国、斯文、Damai……我多么想再点一次你们的名字，和你们见面，说话。然而天涯海角，我们在大洋的两岸，何时才能再相见？

时光飞逝，或许记忆总会被光阴抹去。我偶尔也想，或许你们早已把我忘了，或许你们已经有了新的老师。但临别时你们流的泪是真的，我始终记着。哪怕未来我们不能再见，我也希望我们能够擦干眼泪，收藏好这份真，各自向着更幸福的明天出发。

格鲁吉亚行记

　　格鲁吉亚位于南高加索中西部，西邻黑海，与俄罗斯、阿塞拜疆、亚美尼亚和土耳其接壤。面积69 700平方公里，人口近370万，官方语言为格鲁吉亚语，居民主要信奉东正教。

　　地处欧亚文化十字路口的格鲁吉亚被誉为"上帝后花园"，每天清晨，开门迎进一缕新鲜的空气，看见阳光洒满远处的山头，此时的家乡已到了午饭时间，这里比北京时间晚4个小时。

　　我于2014年至2016年在格鲁吉亚的首都第比利斯工作，住在一栋旧房子的8楼。坐电梯上楼要投币，电梯的轿厢是木质的，有好几层的按钮还坏了，运行时一直在晃动，让人害怕。我基本不坐这个电梯。

　　房子所在的小区是老旧的生活区，楼房破旧，基础设施落后，但处处有古木，整个生活区不仅拥有历史感，其中还透着安逸。行走在小区中，似与老者为邻。看其斑驳，读其历史，蛮适合好古的我。

小区外是车水马龙的公路，公路外是群山。早春的山上初冒绿色，夏日远眺又别有风情。在此工作的两年，我的生活多姿多彩。

第比利斯印象

第比利斯给我的感觉就像一位整洁优雅的老人。这里处处点缀着有数百年历史的老屋，和经历几个世纪风霜仍健朗地矗立着的古堡。还有那城墙、雕塑、老酒吧和粗大的古木，无不像老年人的银发一样，昭示着这座古城的高龄。

穿城而过的库拉河，为这座古都增添了一抹小巧。它的存在让人顿觉这里不是都城，而是一座小镇。远处的山像母亲的臂膀，将这座小城揽入怀中。小城的宁静和古老自有缘由。各色各样的建筑点缀着山坡，凡定格之处皆优美如画。行在第比利斯，犹如人在画中游。那山、那水、那城，和谐一体，勾勒出一个童话般的世界。

2015年春日的一天，一次偶然的游走让我更切身实地地感受到了第比利斯的山水和谐。

那天我本要去听一位老师的课，可因为学生有其他活动，所以他的课取消了。老师说要带我去其他地方看看，我很高兴，因为当时是春游的好时节。

老师带我没有走多远，便来到一座山坡之上。一路山花盛开，丛林郁郁。令人不敢相信的是，第比利斯的山水跟热闹的街区竟相隔那么近。在这座山上我们能俯瞰库拉河，下山走几步即来到色彩斑斓的街市。刚才还在采野花，丢石子儿；片刻之后，便穿行于闹市，品着咖啡，听着音乐。在拥挤的商店里，摩登女郎又将我们拉回忙碌的现实世界，几分钟前的世外桃源游仿佛南柯一梦。

如果说格鲁吉亚是上帝的后花园，那第比利斯无疑是后花园的核心和精华。山水园林，花草树木，美景应有尽有。

第比利斯的山

第比利斯最有名的山就是位于市中心的圣山，圣山得名于其半山腰上的Daviti教堂，那里埋葬着格鲁吉亚的伟人和最负盛名的作家、艺术家和民族英雄。第比利斯的老城区不规则地错落在圣山脚下。在市区内经常望见的电视塔和摩天轮位于圣山山顶，可坐公交车、缆车或步行抵达。

2014年初春时节，我和孔子学院的院长一同爬了圣山。我们选择步行上山，路上可以观景、拍照，又锻炼了身体。山路呈之字形向上延伸，彼时地面上的草木开始发芽生长。走到半山腰时，我们碰见了几个老师带着一群孩子春游。孩子们好奇地看着我们，我们热情地向他们挥手示好。

到了山顶，空间顿时变得开阔起来。山顶上有舞台、游乐园和各色的小店。圣山的山顶简直就像一个独立的王国，各种设施一应俱全。在山顶能够俯瞰第比利斯全景，就像在看它的微缩模型，各种标志性建筑尽收眼底。

这会儿我实在很饿。早饭和午饭只喝了粥，爬山消耗了很多能量，这时候肚子饿得咕咕叫。我在山顶买了个小小的形似面包的、味似中国烧饼的食物，尺寸比山下卖的小一半，价格却贵一倍。下次爬山或游玩我还是自备干粮吧。下山我们坐的是公共汽车。山路弯曲陡峭，十分考验司机的水平。第比利斯可谓山城，处处都是坡。

第比利斯的水

第比利斯的利斯湖（Lisi Lake）和第比利斯海最为有名。

2014年盛夏的我被失眠困扰，于是决定出去走走。我在地图上查到利斯湖离我家不算远，于是查好交通路线便出发了。

在到达第比利斯国立医科大学（Medical University）地铁站后需要转乘29路公交到1353站。因为从未来过，于是在出了地铁站后我边走边问，一个热心的婆婆用流利的英语为我指了路。我沿着一个坡路往上走了两个路口，终于看到了29路的站牌。

乘上29路后，公交车蜿蜒前进。车在一站又一站停下，我看到站牌上标注的数字都是2000多，我不安地盯着路牌，担心自己坐错了或坐过站。但看看自己查过的路线，确定没有坐错。汽车又过了一站后终于抵达1353站，此时我还在为格鲁吉亚站牌编号的逻辑不解，发现一车的人几乎都下了车，原来都是去利斯湖的，我也跟着赶紧下去了。

通往利斯湖的路宽阔平坦，和我一贯理解的通往景点的曲折小路截然不同。没走多远，就能望见湖面。走到湖边，发现利斯湖像海一样，湖边有很多穿着泳衣玩耍的游客。因为我这次出门主要想着多走走，所以只穿了球鞋长裤长衣，如此看来和如海般的风景实在不搭。于是我找了个角落歇了歇脚，然后打算环湖走一圈。

我不知道自己能否走完一圈，也不知道没人的那个方向有些什么：小溪、沼泽、山区、森林？不免担心会有危险，于是怀着忐忑出发了。走得越远越担心。但幸运的是，湖不大，我最后成功地绕了回来。除了中途看到一条死蛇，翻过一个栅栏，其他都还算顺利。

第比利斯海其实是名副其实的人工湖，只是它的英文名字叫Tbilisi Sea。

2015年9月的一段时间，失眠有卷土重来的迹象，于是我决定再出去走走，我选择了第比利斯海，它离我家也很近。好久没见这一湖水了，今日的它似乎和以往都不同，像翡翠宝石，美极了。彼时秋已至，海边的人明显不多，但还是可以看到有人在游泳或晒太阳。我请别人帮我在海边拍了一张照片，之后便想折回。忽然看到山上青黑色的石头雕塑，我之前一直想去看却没看成。因为它从远处望去像门一样，所以我自称其为"大石门"。

由于不知道如何上去，我只是望着它的方向往上爬。到了"大石门"前，几个当地人对我出现的方式表示吃惊，因为他们是开车上来的。原来，到这个雕塑是有一条正式的路的。我是从山的侧面爬上来的。

近观"大石门"，方知那不是门，而是石柱。柱上雕塑的内容均与宗教相关，当地人称其为 Memory Label。在这近天的地方塑神像，用意可想而知。人们登至高处，瞻仰巨神，仰望苍穹，感触一定不浅。在这里还能看到第比利斯的市景，背海瞰城，值得一游。

第比利斯的园

2014 年炎热的 8 月，正值暑假。孔子学院的老师们没有工作，于是众人一拍即合，出发去了第比利斯植物园。

巧的是前两天我刚看过一篇关于这家植物园的文章。它是国家公园，历史上曾是皇室的后花园。园区身在闹市当中，园内是幽静的山水，园外是繁华的街道。

对于中国游客来说，这植物园里最熟悉的植被就属那一片竹林了。因为格鲁吉亚不产竹子，据说这些竹子还是从中国引进的。看惯了格鲁吉亚遍地的松树，忽见一片竹林，仿佛一下子回到了中国，有种他乡遇故知的亲切感。对我来说，在中国看竹子绝对不会有这么深的触动。

紧挨着植物园的，是一道山。它既是山体又是景观，还可做围墙。山上有一座砖墙建筑，像古堡，又像碉楼。据说那是军事建筑，脚下是军事要塞。

出了植物园能看到红砖瓦房，遍布在弯曲起伏的小巷的两旁，很有格鲁吉亚的风格，其中最抢眼的是那种馒头状屋顶的建筑。据说那是泡温泉的地方，看着外面别致的造型，想必里面定是风格不俗。

第比利斯的林

刚到格鲁吉亚时，我对周围的一切都不熟悉，我还向爸爸抱怨过我工作的大学没有运动设施什么的，只好选择多多散步、跑步。来了一段时日，身边有好多地方都没去过，就连我住的小区都没好好地熟悉过。于是有一天，我认准了一个方向往前走，来到一片很大的树林前。

这片树林和我的小区仅一马路之隔，这在国内是不可想象的。森林里古木参天，以松树居多。再往里看，影影绰绰，细看之下是行走在小径上的游客，路边还有垃圾桶。我恍然大悟，原来这片森林是人们经常遛弯儿的天然公园。林中的树有的倒了，有的弯了，人们任其自然生长，不加干预。这里朴实，没有人工草坪，没有摆设的花坛，一切都是那么自然。不禁让我感慨，格鲁吉亚人真幸福，饭后几步路就能到这样的一个森林氧吧中呼吸新鲜的空气了。透过枝叶看到的天空是那么蓝，想来这里的人根本不知雾霾为何物吧。

第比利斯地下印刷所

2016年妇女节那日，孔子学院组织了老师们聚餐。餐后院长提议大家一同去第比利斯地下印刷所看看。

第比利斯地下印刷所一直是我期待的地方。茅盾曾在1946年访问苏联，参观了这里并写下文章，这篇文章也被录入1987年人教版的初一语文课本的第十六课，被不少"60后""70后"国人熟知。文章里写，这个地下印刷所是印制斯大林同志反抗沙俄统治宣传品的秘密基地。因为后来这篇课文被替换了，我作为一个80后不曾听说，既不知第比利斯有此宝，也不知道茅盾有此文。好在今日，我可以亲临它，了解它。

都说这个地方很不好找。听说有个中国游客坐出租车找遍全城也没找到。百度地图和谷歌地图标注的位置都不准确，加上苏联解体后，格鲁吉亚人也渐渐遗忘了苏联时期的红色历史。当地的很多年轻人更是和我一样，从未听说过这个印刷所的存在。时光是历史，但也无情地抹掉了历史。

这一天，春和景明，我们一行数人说说笑笑，如与曾点暮春咏归。来到目的地，印刷所的门口标志着24小时开放，但我们到时大门却紧闭，看来少人问津。这时从侧门走出一个看管此地的老人，看有游客到来，他热情地打开正门迎我们进去，带领我们参观。得知我们是中国人之后，他一边讲解一边说，Chinese Welcome，American No。

老人先带领我们参观了一间陈列室，看着像是当年举办会议的场所，后又热情地建议我们坐在主席的位置拍照，他还搂着我们院长合影。会场地面上质量不错的木地板让我很好奇，110年前

（1903—1906年斯大林在此工作）的办公条件还不错。

之后，我们便见到了闻名的地下印刷所。庭院内的小木屋内藏着一口深井，这就是茅盾文章中提到的当年工人们爬下去的秘密入口。到大概17米的地方有一个隧道，顺着隧道爬才能到达印刷所。从井口往下看，壁上留着当年大大小小的被踩出的坑。木屋旁的正屋底下是地下印刷所的真正位置，我们沿房间门外的旋形铁梯走下，终见一室，已被锈蚀的印刷机就处在室中。这一幕看了让我有些心痛，这般国宝级别的文物如果在中国，肯定会被保护得一尘不染吧。

看着地下印刷所的种种，我们想象着革命人士如何在一百多年前的岁月里万众一心，同仇敌忾。它留给了我深深的思考，也理解了为什么在遥远的中国有那么一众拥趸愿不远万里来此朝圣。后来，我找来茅盾的那篇文章认真地拜读。满是岁月痕迹的斑驳的白纸黑字让我心生敬意。这篇课文的学习要求是了解说明文的特点，理解说明的顺序。据上了年纪的网友回忆，他们学习这篇文章的兴趣都在根据课文所述画出自己心目中的地下印刷所上，当年的学生发挥着无边的想象力，自然是怎么画的都有。

据后人实地考察，其实茅盾先生把那里的两间正屋和水井的位置写反了，虽然这不是一篇完美的说明文，却是一篇很好的故事，吸引着无数中国人前来探秘，影响了几代国人前来第比利斯一睹神秘的地下印刷所风采。游客留言本上出现最多的文字也是中文，难怪网上有人说，知道此地的中国人绝对比格鲁吉亚人多，诚哉斯言。

格鲁吉亚的世界文化遗产

在格鲁吉亚从事国际中文教育工作之余，我探寻了格鲁吉亚的几处世界文化遗产，它们是上斯瓦涅季（Upper Svaneti）古村落、姆茨赫塔（Mtskheta）古城和巴格拉特大教堂（Bagrati）。

上斯瓦涅季古村落

2014年6月，我任教的自由大学迎来暑假，学校组织了夏令营，我和学生们一起来到了斯瓦涅季游玩。

斯瓦涅季距首都第比利斯约8个小时的车程。中途我们曾在一个水库旁歇脚，据说这里是格鲁吉亚最大的水电站。库湖狭长，湖水极清极静，宛如一块落在山涧中的宝石。翡翠般碧绿的湖水如此静美，让我意外，这是我第一次见到这么美的水。水如宝石泪，山像美人眉。在这里拍照的效果极佳。兴致所至，以湖为背景，我打了一套拳，人与自然融为一体，静中有动，和谐至美。

傍晚，我们抵达了斯瓦涅季山区。白马、古堡，和随风荡漾的漫山野花，在落日余晖下美得像画一样。人在画中游，心随景动。

晚上，我们在小镇上的一个家庭旅馆住下，旅馆的老板还为我们提供了丰盛的饭菜。旅馆内的房间布置得很干净，屋外是雪山融水。累了一天，没想到休息的时候我们依旧在风景中。

随后的两天，我们去看了雪山，拍了古堡，看了奔马，吃了野餐。斯瓦涅季的天气很好，不热也不冷。蓝天如镜，白云赛雪。山坡上绿草如茵，马儿悠闲地啃着草，我们这群不速之客似乎根本没妨碍到它们。这样在仙境中过生活，从来没觉得累过。

上斯瓦涅季的古代房屋很有特色，基本是由厚度不一、棱角分明的不规则石块堆积成的四方锥形的碉堡式建筑。房屋内是分层的，之间有仅容一人的梯子和爬口连接。将不规则变成规则，又如此牢固，保持得如此完好，这些建筑是古代格鲁吉亚人民的智慧和汗水的结晶。难怪上斯瓦涅季中世纪样式的村落于1996年被联合国列为世界文化遗产。

最后一天，我们即将告别上斯瓦涅季的雪山古堡。汽车蜿蜒而下，行驶在令人心惊肉跳的盘山公路上。车窗外就是陡峭的悬崖，我始终不敢往外看。出了山后，我悬着的心才终于放下。

姆茨赫塔古城

2014年11月，为了做好新老师的接待事宜，我出资租车请所有老师到姆茨赫塔一日游。

据了解，姆茨赫塔古城于1994年被列为世界文化遗产。我们先去了一座建在山上的教堂，孤零零的，周围没有其他建筑。从教堂周围俯瞰城市的视野极佳，公路像山间的飘带，行驶在之上的汽车让飘带动感十足。

我想记录几段在不同景点中习武的视频，最后做成合集。这座教堂是我首选的景点。这天我有备而来，穿上了平时最喜欢的武术服。打开摄像机后，我开始做动作，可惜拳打得不够好，拍摄的结果不太让我满意，没有想象中的那种凌空的气势，或俯瞰天地间渺小人物的视觉冲击感。这次就算是积累经验吧。打拳时出现了一个小插曲，有一只小狗入镜了，而且它直接趴在了我的脚下，就像被我的功力降伏了似的。这场面让我和老师们笑得前仰后合。

之后我们去了另一个地方，那里是古王国的城堡。外围城墙高耸，内院优雅洁净。我们戴着格鲁吉亚的特色帽子，看着路过的复古马车，在悠久的罗马柱旁拍照，录下视频，开心极了。即便乌云时聚，寒风瑟瑟，古堡依旧带给我们欢欣。我们还遇到几对穿着婚纱和西装拍照的新人。

我还记得巧的是，那天是闰九月初十，也是我那年的第二个生日。

巴格拉特大教堂

2016年6月，就快启程回国的我一个人去巴统（Batumi）看了黑海。可惜天微雨，沿着黑海骑行的计划告吹了。第二天我到了库塔伊西（Kutaisi），友好的当地人指引我坐车游览。我坐上1号公交车环游库塔伊西，觉得它像老家的县城，也很像印尼的城市，几乎不见高楼。在世界文化遗产巴格拉特大教堂前我下了车参观。教堂十分壮观，穹顶很高，顶部外覆盖着蓝色铁皮，用于防雨。教堂整体看起来被保护得相当好。让人哭笑不得的是，我后来查到才知道，巴格拉特大教堂因为经历重大改建而损失了完整性与真实性，在2017年被《世界遗产名录》除名了。难怪当年我看到它戴的蓝头盔时觉得很违和。

格鲁吉亚小巧而美，它是名副其实的上帝后花园。这三个世界文化遗产堪称后花园中的三朵奇葩，每一个都值得喜爱历史和文化的人一游。

我在格鲁吉亚舞狮

猴年春节之际，孔子学院需参与由大使馆举办的格鲁吉亚汉学家新春招待会的演出，院长给了我一个任务——准备一个舞狮的节目。孔子学院的女老师很多，男老师只有两个，这个活儿也必然落在我们身上。

但是我从来没接触过舞狮，只在电影里见过，知道舞狮盛于南粤，表演者都武功高强，能做出很酷的动作。可我查阅资料后又发现，舞狮也分南北派，我才知道从电影里了解的还是太片面了。我不认为一个毫无舞狮经验的人能够做好，所以一开始我是拒绝的。可是如果我不上场，请当地演员来舞的话，出场费高得惊人，大概每场要六七千人民币。于是，凭借自己那一点点的武术功底，我一咬牙接下了这个活儿。我挑起硕大的醒狮的狮头，觉察到没有想象中那么笨重，而且嘴巴设计得也很灵巧，方便操作，这让我突然有了信心。

可是第一步就难住了。动作要如何设计，我和队友许老师毫无头绪。于是，我们先找来视频观摩，学习了一些摆头的动作。一个配有《小苹果》音乐的舞狮也给了我们很大的启发，我们边学边编排，很快，一套糅合了功夫、《小苹果》舞蹈和写春联等元素的、具有综合性又十分亮点的舞狮节目被我们呈现了出来。

在格鲁吉亚汉学家新春招待会上，我们的舞狮节目圆满完成了。正式演出前，我们还准备了一个惊喜，那就是舞到最后，我抛狮头给队友，然后我顺势展示出一面中国国旗。当我挥舞国旗时，我们能看到在场的中国人那无比骄傲和自豪的神情。我们赢得了热烈的掌声，更赢得了格鲁吉亚人的尊重与敬佩。演出结束后，大使还特意找到我们表达了感谢，并坚定地说："2月7日除夕夜，我请你们舞狮开场。"

看了我们的表演后，孔子学院的外方院长也想把我们借走，邀请我们在2月1日的孔院春晚上舞狮助兴。我们来不及高兴，就已被这接二连三的邀请所带来的深深的使命感给压住了。考虑每一场演出都有大使出席，我们不能始终表演这一套。即使大使不介意我们是业余的，我们自己也会觉得腻。于是，我们决定做些创新，把背景音乐更换为《醉拳》的音乐，删掉了之前的《小苹果》舞蹈等环节，设计成从狮身中出来后，打一套醉拳。可是我没学过醉拳，于是我用了一下午的时间，反复观看成龙的电影《醉拳》，择取能用的动作，然后记录并编成自己的，终于琢磨出了一套有模有样的拳法。在正式演出之前，我一遍又一遍地演练。

其间突然想到可以打一个醉罗汉拳的动作，左右腿摆踢后紧接着盘坐。如果再加上一个侧倒睡觉的动作，这一套醉拳的醉意便更能体现出来，而且还可以逗笑观众，效果想必会不错。果真，当我正式演出侧倒时，掌声已经响起，后面一连串动作下来掌声都没有停下。我听到了观众的反应，跳下台后自豪地举起了双手。这次我们也成功了，大使在我面前鼓掌祝贺。

紧接着，我们又开始为2月7日除夕的舞狮表演准备起来了。我们又换了新的背景音乐，我建议采用两首86版《西游记》中的配乐。刚开始，关于是否使用《西游记》的音乐我们起了争论，因为在队友看来，这个配乐一是不好搭配动作，二是和舞狮完全不搭边，三是与场合不够契合。后来在我的解释下，队友还是同意了。因为我说，首先，今年是猴年，用此音乐很合适；其次，《西游记》影响了我们几代人，甚至在海外也曾被广泛传播，无论是华人还是海外朋友，相信都可以通过它找回记忆，回顾经典；最后，也是最关键的，我愣是配着《西游记》的音乐琢磨出了一系列的舞狮动作，用实际行动说服了队友。

正式演出时，我们舞得比彩排时更娴熟。我卡着音乐按下狮头时，全场掌声雷动，很多人拦着下场的我们合影，以至于还影响到下一个节目的登场。

这三场舞狮都很成功，我们也因此扬名当地的华人圈，就连浙江教育局来格鲁吉亚办展时还特意邀请我们去热场。这次在格鲁吉亚舞狮的经历给了我别样的春节体验，也注定因发掘了我们的潜力而令人难忘。

难忘格鲁吉亚的理由

贴脸的问候

来到格鲁吉亚，你一定会被当地人的热情所感染。格鲁吉亚的人们平时在碰面时，会好久不见似的搂着对方的双肩，脸贴脸地问候，口中发出亲吻的声音，给人贴得特别实在的感觉。真的好久不见的，会贴好多下，左脸贴过后再贴右脸。无论是同性还是异性之间，都以贴面礼来表达友好。

在格鲁吉亚生活的时间久了，周围的格鲁吉亚人都把我当作好朋友。每次见面，无论男女，都用他们惯有的方式来和我问候。这不会让我觉得不适，而是让我觉得人与人之间就应该经常这样彼此亲近，表达友好。脸贴脸时，你对我还有什么可防范和可害怕的呢？全世界的人民本是一家，世界和平总是我们所期盼的。

问候是人们交流的开始，即便各个国家有不同的问候礼节，但核心都是尊敬彼此，诠释友爱。格鲁吉亚人的这种近距离的、热情的方式足见其友善，也让我常常觉得格鲁吉亚像一个小孩，它的国民也始终带着孩子般的纯真、善良。

不太强的时间观念

时间观念强应该是中国人的优点。相比中国人，有些国家的人的时间观念没那么强。比如印尼人的时间观念就比较淡，以至于他们的语言当中就有橡皮时间一说。事实上，格鲁吉亚人的时间也是橡皮时间，约好10点见，他们可能10点20分才悠哉悠哉地出现；说好的10分钟完成，他们可能会拖到1个小时。

有一天，我和外方的领导约好在某个固定时间一起去学校的仓库拿东西。在这之前，她突然给我打电话说，仓库管理员现在有时间，过了这个时间可能就不在仓库了，所以问我十分钟左右能不能赶到。此时我正在家里，如果立刻坐上车，七八分钟大概能赶到学校。于是我答应了，挂了电话后就奔向车站。十分钟后，当我气喘吁吁地出现在学校时，看到领导正在不慌不忙地玩着电脑，浏览Facebook。她招呼我坐下等一会，谁知这一等竟是1个小时。1个小时后，她才不紧不慢地起身说："走，咱们去仓库吧。"

格鲁吉亚人的生活悠闲，喜欢慢节奏，时间观念不是那么强。对于格鲁吉亚人的不守约，可要做好充分的心理准备。

对旧建筑的执着

你能想象这些画面吗？在居民区的林中看松鼠打闹，站在八楼的阳台上能伸手触到树上的鸟窝，走到鸽子的旁边它们还一点也不紧张。这些是一幅幅人与自然和谐相处的画面，也是一幅幅真实存在于格鲁吉亚的美丽画卷。

格鲁吉亚的环境非常好，空气里没有雾霾，河水里没有污染，经济水平也很不错，人民安居乐业。他们的环境似乎没有因经济发展而遭到过破坏，先污染后治理的发展模式他们也没有经历过。

格鲁吉亚人好像对尊重历史有着不同于其他国家的执着，他们对旧的建筑没有什么拆建、翻新的欲望，哪怕是看起来十分破旧的居民楼他们也会一住再住，实在不行了，也仅仅是将里面简单翻新一下，添置一些现代化的用具。至于外观，他们似乎懒得理，任其在风雨中斑驳不堪。稍有历史文化价值的，更是被他们原汁原味地保留了下来，矗立在繁华地段的名人故居没有因为适应发展而被拆毁；一些坍塌的城墙上长满了野草，也没有因为影响市容而被有意整理；即将倒塌的楼房，也只是被加上支架，顽固地与时间抗衡着。

格鲁吉亚的美也许正源自这份原汁原味。格鲁吉亚的独特风景与良好的环境也都得益于格鲁吉亚人的那任其自然发展的态度吧。

奇特的车牌号

在格鲁吉亚的街道上，你会发现一个很有趣的事物，那就是他们特别的车牌号。

一般而言，格鲁吉亚的车牌号由4个部分组成：代表国别格鲁吉亚的GE和国旗、两个字母、三位数的数字再加上两个字母。特别的地方在于，你会发现很多数字是连号的，如123、987，或者相同数字的叠加，如666、777。这一点和中国差不多，很多中国人在选车牌号时也喜欢这种吉利号。

不同的是，中国车牌号大多是机选，因为中国人多车多，车牌号不大可能按着自己的喜好去编，只得在车管所提供的随机备选号中去挑，范围有限。而格鲁吉亚则可以做到自己编车牌号。得益于格鲁吉亚国小人少的便利，格鲁吉亚人拥有更多的空间自由选择，可以自编车号。比如使用自己名字中的字母。当然，中格两国人民都有自己喜欢的吉利号，这就免不了竞争。所以在格鲁吉亚，车牌号是明码标价的合格商品。一般的号码只需30美金就可以了，而特殊一点的则能卖到100美金。

多民族国度

格鲁吉亚人主要是高加索地区的原住民，属于高加索人种。除了格鲁吉亚人，这里还生活着亚美尼亚人、阿塞拜疆人、俄罗斯人等少数民族。

格鲁吉亚人很漂亮，男子高大帅气，女子高挑美丽。他们有的既有黑色的头发，又有蓝色的眼睛。格鲁吉亚邻国众多，本国地域小，出国比较方便，与他国的交流相对频繁，跨种族及跨国婚姻也就比较多。

我的周围就不乏与少数民族结合的家庭。有会跳俄罗斯芭蕾舞的姑娘，母亲是俄罗斯人，爸爸是格鲁吉亚人；有哥哥是亚美尼亚人，自己是格鲁吉亚人的孔院学生；还有妈妈是西班牙人，爸爸是格鲁吉亚人的我伊利亚大学的朋友。

当然，这里也有格鲁吉亚与中国的混血儿。我认识一位老华侨，她的祖父是清末时来到格鲁吉亚的，她的父亲是1/2中格混血儿，母亲是格鲁吉亚人，所以她应该只有1/4的中国血统。她的老公也是一位格鲁吉亚人，可想而知他们后代的血统有多么多样了。

高加索地区的"重庆"

在我眼中，位于西亚的格鲁吉亚多少有些重庆的影子。

大名鼎鼎的重庆颇受国内外游客欢迎。山城、雾都、火炉，光别称就不止一个。武隆天坑、永川竹海等更是大家耳熟能详的景点。但最为人们所熟知的重庆符号莫过于其美人、火锅和夜景。事实上，在万里之外的格鲁吉亚，也能处处找到"重庆范儿"，比如美人多，驾驶汽车的技能了得，自然环境优美等。

首先说美人。在中国，重庆可谓美女最多的城市之一了。常言道"一方水土养一方人"，湿润的气候条件让重庆女性的皮肤更少受到紫外线的伤害，温润的空气有助于保持皮肤的水润和光泽；多山的地理环境也使得重庆人经常步行和爬坡，日常锻炼有助于女性保持身材。除此之外，火锅等辛辣食物中含有丰富的维生素和抗氧化物质，有助于促进新陈代谢和血液循环，保持皮肤光泽，并对健康有益。在多种因素的作用下，重庆自然会出现那么多的美女。重庆方言中还有一个特别的词，用来形容欣赏女性的美丽，叫"打望"。

格鲁吉亚也因为美人多而闻名。高加索人种通常具有深邃的眼窝、高挺的鼻梁和立体的面部轮廓，这些特征被认为是美的标志。格鲁吉亚地处高加索山脉，地形多山多水，自然环境优美。山区地形使得格鲁吉亚人需要经常步行和进行体力活动，有助于其保持身材和健康。格鲁吉亚气候温和，四季分明，雨量充沛。湿润的气候有助于皮肤保湿，减少干燥和皱纹的产生。此外，适中的紫外线照射有助于维生素D的合成，对皮肤健康有益。

此外，作为连接亚欧的桥梁，格鲁吉亚西抱黑海，东望里海。格鲁吉亚曾被西部的奥斯曼帝国、东部的蒙古帝国、北方的沙皇俄国和南边的阿拉伯帝国征服、统治，并产生一定程度的影响。多种语言、民族、宗教在这里交融，格鲁吉亚人也自称"亚欧人"，民族融合带来了丰富的基因多样性。

如此来看，格鲁吉亚美女多的原因确与重庆十分相似。

再说说开车这事。2009年，我从中部平原城市来到西南山城读研，体会到当地的车开得相当快。重庆司机驾轻就熟，起伏的山路对他们来说并不是挑战。也许是因为重庆坡多，不加速过不了坡，还易导致汽车熄火。于是，地形造就出了"疯狂的司机"。

可到了格鲁吉亚，我不敢再抱怨重庆的司机开得快了。

记得我刚到格鲁吉亚第一次乘公交车时，因为我在错误的地方下了车，不得不横穿马路，汽车嗖嗖地从我前后穿过而丝毫没有减速的意思，我吓破了胆。在双向的四条车道之间，川流不息的车根本不给我一口气的时间。我只能一个车道一个车道地翻越，仿佛过了一世，完成了生死跨越。也是从那次以后我再也不敢乱穿马路了。我也见识到，格鲁吉亚人能在格鲁吉亚普通公路上开出高速公路的速度。

重庆属于亚热带气候，这里四季如春。来到重庆，如入森林，缙云山的竹海和随处可见的市树黄桷树点缀着这座城。格鲁吉亚的纬度虽然较高，但也属于亚热带气候，植被覆盖率高，松木、胡桃木居多，四季常青。

重庆因其在生态环境建设和可持续发展方面的努力和成就而享有"绿色重庆"之美誉，而在格鲁吉亚，其环保的意识也不输重庆。就比如，当居民小区建好后，人们会让房前屋后的土地任野草生长，一切追求自然。自然就是休闲的好去处，在两个树杈上架根棍子就是单杠；倾倒的树不用扶，那是自然的滑梯；树上长个大疙瘩，人们搭上个板就是凳子……或许你可以说格鲁吉亚人懒，懒得改造植被让景观更别致，与居民区更协调。可就是这样的闲适才让他们的生活这么无忧无虑，让他们的环境这么美丽和谐。第比利斯市中心的 Rustaveli 大街（相当于北京的长安街）两旁尽是高大的树木；我住的小区跨过一条马路就是森林；我去树林散步能看到乌龟；我窗外的树上有鸟窝，有松鼠……能这么近地接触自然，即便在我小时候生活的农村也不可多得。"懒惰"的格鲁吉亚人得享此美好的环境，他们的钱不少，生活也不差。而很多国家和地区在发展经济的同时却给环境带来了不可逆的影响，种种问题层出不穷，按起葫芦浮起瓢，忙得一声长叹。高中课本上恩格斯的那句话愈发发人深省了：我们不要过分陶醉于我们人类对自然界的胜利，对于每一次这样的胜利，自然界都报复了我们。

这就是格鲁吉亚，它好像高加索地区的重庆，让我觉得感动和亲切。它是一个能让眷恋故乡之人处处找到老家的地方，也是一个能引发爱国爱家的人深思的地方。

我为格鲁吉亚美景作诗

春和景明，草长莺飞，在一个朝气蓬勃的春季，我游览了格鲁吉亚的三座城。西格纳吉（Sighnaghi）的云、哥里（Gori）的风和博尔若米（Borjomi）的水，都让人无比陶醉，欲赞词穷。古人云，言之不足则嗟叹之，嗟叹之不足则歌咏之。在这些美景面前，只有诗歌方能表达我那醉心之感。

剑桥的柳在徐志摩笔下宛如夕阳中的新娘，雨中的太平洋在梁启超的诗里也与赤壁的大江无二。在我心里，格鲁吉亚这些城市的美也是唐诗里的"千里莺啼绿映红"，宋词中的"满城春色宫墙柳"，元曲里的"原来姹紫嫣红开遍"。

我平时就喜欢写写诗，此时为何不用自己的诗词来赞美一下格鲁吉亚的美景呢？于是，我尝试着作了下面三首词。

长相思·游西格纳吉

草一层，云一层。翡翠白玉裹小城，故园无此景。

走一程，问一程。出门无计西与东，惊喜一重重。

浪淘沙令·春游哥里遇大风

风洗周天碧,

树飞云匿。

满目春光碎一地。

一带江水浪花急,

咆哮耳际。

山河奔眼底,

鬼斧大地。

无限好景在异地。

人生长短贵快意,

纵情游历。

浣溪沙·游博尔若米

行歌雨中乌云收,

醉掬清泉石上流,

赏花归来小酒楼。

人生常乐几度秋,

江河怒喘千古流,

酒逢知己醉方休。

中华文化大闹"上帝后花园"

由孔院举办的大型中华文化展示活动定在了国际儿童节这天，为了带来更大的影响力，走进社区，走向群众，我们选择了在人流量最多的Mziuri公园举办。

中华文化博大精深，如何在人力、物力、财力都有限的条件下达成最佳的效果，同时兼顾让观众更深刻地了解中华文化，选对活动项目是成败的关键。在活动准备期，我们设计了中国功夫秀、传统民间运动展示、编织中国结、剪纸、书法、绘脸谱、夹筷子游戏、茶艺表演、照片展和"中国之家"共10个版块，内容全面而精彩。

我们在中国功夫秀版块的场地入口摆放了李小龙的等身立牌来吸引观众，几个老师会根据观众到来的数量展示太极或其他类型的功夫。其间组织观众试穿武术服装，操作双节棍、剑、鞭等兵器，并拍照留念。这是当地人最感兴趣的一个版块，也是能够展示我们民族精神、增强民族自信心和自豪感的最佳舞台。

我们展示的传统民间运动包含踢毽子、跳大绳、抖空竹、拔河等。展出相关物件的同时也会为观众演示，教他们如何玩耍并与他们互动，让当地人了解这些集健身、娱乐于一身的中国传统体育活动。抖空竹尤其让他们大开眼界，吸引了大批观众跃跃欲试。拔河比赛也十分吸睛，当地人踊跃报名，很快两个战队就组好了，一场中国队与格鲁吉亚队的拔河比赛马上开始。啦啦队的呐喊声此起彼伏。有意思的是，不知不觉中两方拔河队伍里的人数变得越来越多，规则完全被大家无视了。更搞笑的是，当其中一队眼看着要输掉时，当地热情的观众也不管是敌是友，谁要输就帮谁。最后，拔河比赛进入持久战，直到两边队员力竭才休战，也没人关心胜负了。

剪纸和中国结就像中国独有的魔术。小小的一张纸，用一把剪刀便能裁出惟妙惟肖的奇景，像魔术师的奇幻表演一样让格鲁吉亚的观众感到不可思议。短短的一根绳在一双巧手下穿插走位，编织出各式各样的绳结，观众们纷纷索要，爱不释手。有的还当即拜师学艺，现场DIY了一个自己的中国结，戴在手上，喜欢得不得了。

在书法环节，我们发挥了一些创意，让当地人在体验毛笔的与众不同、体验汉字的独特之美的同时，拥有一个自己的中文名字。他们争先恐后地报上自己的格鲁吉亚名字，我们根据其发音来给出相应的汉字，当他们拿着用毛笔写的自己中文名字的纸时，脸上洋溢着新奇与开心。尽管纸张很普通，但他们却视若珍宝，要将其带回家珍藏。

设计夹筷子游戏版块的目的是让平时用惯了刀叉的格鲁吉亚朋友了解中国的餐具筷子，并感受筷子的独特魅力。活动中，我们会教当地人如何使用筷子，让他们自己用筷子夹花生米。不操作不知道这有多难，当他们成功地夹起花生米时，会高兴地向身边的同伴炫耀，那成就感不亚于自己夺得了比赛的冠军。

在茶艺表演活动现场，我们展示了中国的茶具、茶叶和茶的沏泡过程，并请他们品尝泡好的中国名茶，希望让当地人从精彩的茶文化中感受到中华文化的优雅和讲究。

…………

这次的活动圆满完成了，这离不开诸位老师的辛苦付出。我们从两个星期前接到任务后就开始排演茶艺、裁剪适量的剪纸、练习书法、准备所有道具等等，幕后的辛苦可想而知。当然，这次也积累了一些经验教训，比如因为活动内容丰富，人手明显不足。16位工作人员要负责10个版块，这其中至少有9个摊位都忙不过来。而且有些摊位里的项目有好几个，如传统民间运动，只留一两个人是忙不过来的。以至于出现了无人顾及摊位，东西险些丢失的现象。此外，活动时长太长，且没有保留中场休息时间，没有给老师提供足够的能量补给。从上午10点开始布展到下午6点结束，整整8个小时的高强度劳动，很多老师都是十分简单地凑合了一口午饭，还有些老师累哭了。我想，这是值得组织者反思的，下次的活动应该避免再次发生这些现象。

还要强调的是，这次活动的费用并不低。本着节俭的原则，我们物料上基本没有太大花销，活动内容所需要的东西几乎全是孔子学院已有的，比如循环利用的球或绳。还有志愿者老师们自带的，比如剪纸、中国结。但是广告费和场地费贵得离谱，光租下公园一角用作场地，孔院就花了近2000美金。许多老师都觉得这里实在太贵了，希望下次能摆到街上，那种可以免费举办活动的地方。

别开生面的毕业狂欢

伴随毕业的，往往是一曲离歌，一夜狂欢，一腔热血。每个人都有自己的毕业回忆，每个学校都有自己的毕业仪式，每个国家也都有自己的毕业文化，比如中国的挂床单，印尼的握手言别，都别有风情。

但我更欣赏格鲁吉亚庆祝毕业的形式——打水仗。2015年，我在格鲁吉亚第比利斯自由大学工作时就赶上了。6月12号这天，毕业生们身着相同的T恤，拿着各式"武器"——水枪、水桶、水瓶、水袋，和着音乐在校园里开始了他们的水仗狂欢。我遇到一个孔院的学生，她用地道的中文给我解释说："这是自由大学的传统。"他们追逐打闹，不分敌友，沉浸其中，连我一个旁观者也未能幸免。几个小伙子叽里咕噜说了一通，突然便对我发动袭击。我踉跄出逃，可他们紧追不舍，直到把我追到死角、弄得一身湿才肯罢休，最后我们握手言和。

在这场毕业的狂欢中，每个人都仿佛回到了小时候，尽情玩耍，放浪形骸。毕业，除了感伤离别，更可以纵情享乐。这样别开生面的庆祝形式让我见识到了一种新的毕业文化，它比挂床单更活泼，比握手言别更热闹。

我在格鲁吉亚的工作与生活

2014年3月，我接到赴任格鲁吉亚第比利斯自由大学孔子学院的通知。此前格方直接把电话打到我这儿，催促说那边已经开学很久了，正缺老师。之后我匆匆去北京办了签证，很快便起飞出发了。25号从乌鲁木齐出关，当晚便到了格鲁吉亚首都第比利斯。

网上关于格鲁吉亚的信息并不多，加上我出发得匆忙，基本上没做什么准备就空降到了这个亚欧交界的地方。不过，当一个如梦境般的崭新世界出现在我面前时，我还是感到十分欣喜。

很快，我便马不停蹄地投入到了紧张的工作当中。

自由大学孔子学院的规模不大，当时中方的工作人员只有一名院长和两名老师。我平时除了教授孔子学院晚间的课程，还会去自由大学的亚非学院教授中文课，相当于国内大学外语系的外教吧。

自由大学孔子学院由第比利斯自由大学和兰州大学共建，中方院长和十多位汉语教师志愿者都来自兰州大学。我来自华东师范大学，也正因如此，中方和外方院长都对我比较照顾。为了不辜负华东师范大学给我提供的机会，我也更加努力、认真地工作，孔子学院或大使馆举办的活动中几乎都少不了我的身影，就连大使都知道了我。为此我深感荣幸。

在2014年9月举行的孔子学院日活动中，我负责展示书法。那天我身着喜庆的红色唐装，用毛笔写下了"丝路友邦，山高水长"八个大字。挥毫泼墨间，一笔一画尽显了神韵之美。在场的格鲁吉亚朋友们惊呆了，大使也频频点头，赞许我的书法水平。我感到无比自豪，当下我最想感谢的就是华东师范大学。其实，在此前的学习生涯中我几乎没练习过书法，真正学习书法正是从2013年冬华东师范大学图书馆举行的新春写春联活动上开始的。自那以后，我爱上了书法，遂临池不辍，经常拿起毛笔练习，从此一发而不可收。

作为一名80后，那时的我年轻，充满活力，亲和力强，能与学生打成一片，很快就成为学生们的良师益友。工作中，我不断创新教学方法，曾用168个高频常用汉字创作了一首歌《168字童年》，并将其拿到课堂上使用，让初级水平的学生们练习。通过这首歌，他们更快地掌握了这些汉字，并将其运用到了学习中，后期顺利通过了HSK（二级）水平的考试。此歌广为传唱，我还将其发表在《志愿者之家》电子期刊上，与全球汉语教师同仁共享。我还收到了远在柬埔寨的老师发来的信函，向我表达感谢，与我交流。

2015学年，我负责上三门课，一是一年级的汉语综合课，二是高年级的中华文化课，三是书法兴趣课。

一年级属于汉语学习的入门阶段，在这一阶段，学生们基本都是初次接触汉语，投入的时间、精力还不多。如果课程设计得死板，学生们就很容易被汉语的难度吓退，失去学习的欲望，所以在该阶段常有生员流失的现象出现。换句话说，一年级课程的教学质量往往决定着二三年级的生员数量。因此，教学的压力往往比较大。为了吸引这些初学者，同时让他们有所收获，我可谓煞费苦心。首先，内容不宜过难，注意度的把握。比如讲到亲属称谓，在学习了爷爷奶奶、爸爸妈妈、哥哥弟弟、姐姐妹妹之后，叔叔阿姨、婶子舅舅我就没有再教了，学生不问我就不说，因为我希望他们先利用课堂有限的时间学会最常用的词，其他的以后，甚至可以通过兴趣慢慢习得。其次，课堂不要太枯燥，这也是老师备课时就要苦心准备的。比如在讲中文名字时，学生们对自己的中文名字是什么最感兴趣，所以我提前就给他们取好了名字，并用毛笔写好，他们拿到自己的名字后都很高兴，还拍照留念。最后，也是最重要的，是学生在一堂课上一定要有收获。每次上课前，我对这一堂课的重点内容都有谱，所以上课时也会反复提及重点内容。课结束时，也不忘回顾并提醒学生，以期学生能记住，这样堂堂有收获，不枉他们坐了45分钟。

高年级的中华文化课主要是针对要报考HSK（三级）（四级）的学生开设的。文化课涉及面广，内容驳杂，但恰恰是我擅长的，因为其中涉及的文史哲、地理、风俗本就是我十分感兴趣的领域，也自认为了解颇多。但因为开设这门课的目的是让学生们可以顺利通过考试，所以不免需要让学生记住许多文化常识。为了帮助学生牢记这些知识点，作为老师，提前"咀嚼"是有必要的。举个例子，34个省级行政区的背诵对学生来说是一大难点。我把民间流传的顺口溜进行了改编，因为有些顺口溜的内容要么有歧义，要么逻辑关系弱，会造成母语非汉语学生理解和记忆困难。于是在结合前人经验的基础上，我总结了一套：两湖两广两河山，黑吉辽内藏新川，江浙安宁青陕甘，重庆福建北上天，云贵海南港澳湾，剩个江西简称赣。那会儿，网上流行一个《大中国》，它是用《小苹果》这首歌二创的行政区记忆歌。我充分在课堂上利用这首歌，既活跃了气氛，又让学生们更容易地记住了34个省级行政区。

　　书法兴趣课，大概是真正对书法感兴趣的学生才能坚持下来的。因为只是兴趣班，不需要考试，所以生员流失最为严重。而留下来的都是中国书法的铁杆儿粉丝。首先说明，我不是书法行家，既无自幼习书，也无后天投师，与书法的进一步相遇完全是机缘巧合，加上我热爱书法，才使我与之的缘分延续至今。最初，孔院中方院长开设这门课时中方老师有限，我成了不二人选。开课前，我就已做了充分的注备，书法课也始终顺利地进行。书法在部分人看来或许单调、乏味，且每次学习收效甚微，也总有人开玩笑说，学书法的是笑着进去，哭着出来。所以，如何让学生感兴趣，且看到成效，这是我不断思考的事情。书法的入门阶段还是蛮有趣、蛮见成效的，于是我抓住书法"易进难出"的特点，力图保证让学生们每次都有收获。比如，我没有刻意地强调他们练习横竖撇捺的写法，避免重复练习带来乏味感，而是让他们就实例学习。举个例子，有个叫乔治的学生，我先让他写好"乔"字，通过讲解其中的结构位置、比例关系，他很快就能将之前写得歪歪扭扭的字写得好看多了，产生了立竿见影的效果。这种方法大大提振了学生们学习的士气。在后来的练习中，我再有意识地渗透横竖撇捺的写法，这样就成功地避免了从一开始就单学笔画的枯燥和成效慢的问题。

除了上课，文化推广也是我的重要工作。为了响应孔子学院进社区的号召，让更多的人了解中华文化，孔子学院举办了数场活动。在这些活动中，我除了负责组织，还会投身其中一展身手。孔子学院的活动中不乏大型的文化推广活动，比如迎"六·一"国际儿童节大型中华文化展、孔子学院日中华文化走进Europe school或格鲁吉亚中国日大型文化展。这些活动使中华文化一次次绽放海外，在当地掀起了一阵阵最炫民族风，当地的电视台、中国驻格鲁吉亚大使馆、汉办官网等都给予了报道。

作为一名专职教师，我在孔院工作期间积极配合中外方院长的工作，参与录制孔子学院宣传片，接待中国政府代表团，管理、照顾志愿者老师，草拟孔子学院规章制度，订购、管理赠书、教材，组织格鲁吉亚汉语教学研讨会，管理、装饰汉语专用教室，担任"汉语桥"选拔赛评委，策划、组织"中国情"征文比赛、中文歌曲比赛，等等。

在自由大学孔子学院成立十周年之际，我又创作了一首歌，《同说中国话》，并组织孔院的师生一起为这首歌录制了视频。在孔院工作期间，我还为世界各国的汉语教师志愿者写了很多首词，比如《最可爱的人》《流行中国风》《开启中国梦》《中国志愿者》等，其中《最可爱的人》获得了国家汉办的优秀作品奖。小说《生命不能承受》还获得了上海作家协会的原创文学奖。

独在异乡，如何打发业余时间，充实自己，我有自己的计划。

齐白石先生曰："不教一日闲过也。"我深知时间的宝贵和学习的重要性。所以，我坚持去旁听外语学院的外语课，每周听三节课；每天练习欧体书法；还通过视频学习抖空竹、耍双节棍等；并且无论寒暑，都坚持在当地的公园练习武术。作为一名对外汉语教师，三年多的海外经历让我深知中华才艺在汉语国际推广中的巨大作用，也切实体会到了才艺的匮乏给我教学工作带来的不便。功夫不负有心人，经过不断地提升，我终于有了一技之长。后来的我，不仅能在孔子学院日上表演自己写的歌，还能在孔子学院夏令营上为大家表演武术。我成为孔子学院宣传活动中的一分子，并且多次收到使馆的参赞和中外方院长的表扬。

出于对孔子学院的关心和爱护，我也曾直言献策，比如建议汉办赠书要实用，勿太讲究华丽的装帧；建议中外方院长分工明确等，深得同仁的赞许。

写给那群我深深思念的格鲁吉亚学生

前不久，董浩叔叔在全网寻找那些当年给他写过信的小朋友，引得一众80后、90后破防。蓦然回首，"大风车"已不转了，电视机已不看了，80后已经到了小时候眼中的大人的年纪，可却没了小时候的快乐。如今的我也开始想，我的"小朋友"们现在过得怎么样，他们是否还记得我。

十年为期，我找到了十年前与他们的记忆。

十年前，我在格鲁吉亚的一所孔子学院教中文，认识了一群活泼可爱、多才多艺的学生。他们不仅优秀，中文也好，是不应该被埋没的人才，我特别希望国内的民众也能认识他们。于是我给湖南电视台去了一封信，建议他们制作一档节目，采访在海外学习中文的学生，并记录下他们的才艺，类似中文学生的"达人秀"，想想这样的节目如果做出来肯定很有意思。我在信中第一个推荐的就是你们——我的格鲁吉亚学生们。虽然不知这封信他们收到没有，但不管如何，在我眼中，你们永远是最优秀的达人。

记得有一次接受记者的采访，他问我对我带过的各个国家学生的印象如何。我说印尼学生（尤其是华裔）的汉语水平最高；格鲁吉亚学生更多才多艺。印尼学生对我来说是最亲，格鲁吉亚学生对我来说是最爱。

Ana，苗条的长发女孩，我的"御用模特"。记得当年我为自己的原创歌曲《同说中国话》录制视频，有个镜头需要展示国画。因为没有可用的现成画作，又没有人会画，于是我打印了一张水墨画，请你帮忙，握着毛笔做出绘画的动作，没想到拍出来的效果非常好。只是如果大家仔细看的话会发现破绽——那支毛笔没蘸墨。当时你好像在和同班的一个男孩谈恋爱，因为我经常见到你俩相伴而行，有时还手拉着手。十年后，我偶然在Facebook上看到了你的照片，昔日的少女已成了让人骄傲的妈妈，岁月的魔力让我猝不及防地流下了眼泪。

Sally，超级爱旅游的女孩。记得我们在拍视频时，你积极配合，不厌其烦地试了很多套中国的传统服装。有一个镜头是你穿着纽扣红衫弹古筝，可惜当时我俩都不懂古筝，只能模仿着做出弹奏的样子。后来视频一发布，被内行人一眼看出是摆拍。尽管如此，这个小小的失误却给大家留下了深刻的印象。后来，我在Facebook上看到你有时出现在韩国，有时出现在泰国，想必你现在的日子一定多姿多彩。不知道最近又去哪儿了，有没有来中国的打算呢？如果到了中国，别忘了联系我，因为我还没有好好地感谢你的帮助。

Nata，能歌善舞的女孩。你唱歌很棒，还记得我们一起录制的《168字童年》吗？它已经跟随我走了好几个国家，很多学生通过你的歌声学会了更多的汉字。我知道你后来到浙江读研究生了，但由于疫情，我们没能见上面。你也回国了。现在一切都变好了，欢迎你有机会"常回家看看"。当年你的汉语就很棒，现在也一定更出色了。不知道你回国后从事了什么工作？期待听到你的最新消息。

蒂婉，喜欢吸烟的女孩。有一段时间，我失眠严重，是你带我去看了家庭医生，但其实你和你的妈妈都不太相信这种小家庭医生的水平。但当时的我也没有办法，因为失眠不好治，我只好相信这个医生。之后，你请我吃了格鲁吉亚的地道菜肴，还特意点了几道中国人喜欢吃的食物，比如蘑菇、牛肉丁、鸡肝。再后来，我俩一起去散步，你抽起了烟。在格鲁吉亚的大学校园里，我见到很多女孩子吸烟。我在想，可能你们抽的是自己的故事吧。不知道你是否还记得我，我想在这里再次对你表示感谢，感谢你对我的照顾。

大卫，让我亲自下厨的学生。一次上课，你提出想吃中国菜，我说找个周末的时间，我请你到我家做客。囿于工作忙，我拖了好久才请你来。那天你来得晚，也给了我充足的时间烹饪。火腿蘑菇汤、酸辣土豆丝、西红柿炒蛋、腰果炒黄瓜、粉丝炒包菜、辣椒炒肉，满满地拼了一桌。之前我还有点儿担心自己做不出来这么多，结束后看看冰箱，发现还有好几样食材没用上。我还挺佩服自己的，多亏你激发了我的潜力。餐桌上，我一会儿问你好吃吗，一会儿问你最喜欢哪个菜，反正变着法子地问你是否真的喜欢。看你一遍遍地发自内心地说喜欢，我的担心才放下，觉得没有辱没中国饮食文化的盛名。更令人感动的是，你很有礼貌，还给我带了礼物，我很开心。如果你能来中国，我一定请你到饭店尝尝中国大厨的手艺。

铁墨，我很喜欢你的中文名字。这个名字仿佛在告诉人们，你有钢铁般的意志。事实上，你也确实如此，你热爱中文、努力学习中文。记得我们在给《流行中国风》录视频时，你手持竹简，认认真真地读"象棋布局墨西哥城"时，却把"墨西哥城"读成了"墨西哥人"，你当时就发现了错误，我们笑作一团。当读到"全球都在说你好"时，你读成了"全球在都"，然后你"啊"的一声说错了，大家又都被你的聪明给逗笑了。

乔治，一个铁杆的书法迷。风雨寒暑，你从不缺课，直到最后班里只有你一个学生时，你还是每天坚持坐几公里的公交车来上课。记得有一次书法课上，碰巧有几个同事来观摩，他们看到你在写书法，于是纷纷上前支招儿，结果那堂课变成了几个老师教一个学生，但你收获颇丰，也看得出来你十分享受那种学有所获的感觉。平时你不爱说话，上课就安安静静地练字，我觉得书法和你的气质很符合。记得期末时我们写对联，一人写一联，你先写下"左富强是我老师"，我于是跟着写出"王羲之是我朋友"。

那一刻，我能感受到你对书法的浓浓爱意。同时，我也感觉，我在格鲁吉亚找到了书法上的异国知音。

Dato，在我离开格鲁吉亚几年后，没想到我们还能在华东师范大学的校园里偶遇。那个时候你已经来中国读研究生了，想必现在已经在中资企业从事着你想做的工作，实现了你的梦想了吧。

娜丽，前不久知道你都已经拿到北京语言大学的博士学位了，真厉害，我在这里恭喜你，也为你感到骄傲!

Lana，我们一起爬过圣山，坐过摩天轮。Nano，我们一起游第比利斯海，打板球，抖空竹。这些美好回忆你们都还记得吧。

与你们的种种回忆，总让人甚感欣喜，有时还会流下眼泪。

十年是一个节点，也是一个圈；是一个新起点，也是一处加油站。十年，我们的变化很大，希望我们都越变越好，有机会再相聚。

记得离开格鲁吉亚时，我改过一首大学的毕业歌，来和大家道别。现在，我想把它再唱给你们听：

　　　最后的我一言不发还要忍耐，

　　　终于笑着流下眼泪哭出声响，

　　　哪怕深情的双眼想要叫我留下，

　　　可离别的难过谁能听见。

　　　最后就让我们抱在一起放声哭泣，

和每个朋友、每个同学好好道别，
说句藏在心底，一直没说出的话：
我的学生，我爱你们啊！